# 翻过童年的山

包利民 著

图书在版编目（CIP）数据

翻过童年的山 / 包利民著. -- 沈阳：万卷出版有限责任公司，2025.7. -- ISBN 978-7-5470-6832-8

Ⅰ．I267

中国国家版本馆CIP数据核字第2025K6A068号

出 品 人：王维良
出版发行：万卷出版有限责任公司
　　　　　（地址：沈阳市和平区十一纬路29号　邮编：110003）
印 刷 者：辽宁新华印务有限公司
经 销 者：全国新华书店
幅面尺寸：145 mm×210 mm
字　　数：200千字
印　　张：7.75
出版时间：2025年7月第1版
印刷时间：2025年7月第1次印刷
责任编辑：姜佶睿
责任校对：刘　瑶
封面设计：仙　境
版式设计：徐春迎
ISBN 978-7-5470-6832-8
定　　价：38.00元
联系电话：024-23284090
传　　真：024-23284448

常年法律顾问：王　伟　版权所有　侵权必究　举报电话：024-23284090
如有印装质量问题，请与印刷厂联系。联系电话：024-31255233

# 目录

## 第一章 行如歌，静如云

春水流入秋水 /3

翻过童年的山 /7

花儿落了结个大倭瓜 /11

旧时月 /14

恋恋家乡饭 /17

一灯如豆 /20

上栏杆 /23

书动知风好 /26

随风走过花蹊 /29

微　醺 /31

你只来过我梦里一次 /33

檐　语 /36

夜云轻 /39

行如歌，静如云 /42

心中有盼 /46

## 第二章　种在目光里的风景

一半风雨，满窗夕阳 /51

雨味 /54

半盘棋，一辈子 /57

南风微度 /61

南方的南，北京的北 /64

清风识字 /67

生命的碎片 /70

石不通灵 /73

闲逐南风过野桥 /77

爷爷说 /81

种在目光里的风景 /84

紫墨水 /87

不敢叹风尘 /91

方寸倾心 /94

心情字典 /97

## 第三章　风沉默成夜，雨沉默成海

各问年 /103

旧书 /106

美好的争吵 /109

秋来相顾 /112

长风如醉 /115

同　孤 /118

卧后清宵 /121

雨后的雨 /124

在风里栽种心情 /127

自在啼 /130

字字倾情 /133

风沉默成夜，雨沉默成海 /137

每一扇窗后的生活 /142

## 第四章 一半尘土，一半流云

苍蝇落在鼻尖 /147

耳食者流 /150

二"回"三"醉" /153

跟着时间去追 /156

寂寞也是一扇窗 /159

目光在何处 /162

一帆如梦 /165

你自己最想说的是什么 /168

青山约、黄粱梦与白鸥盟 /171

热爱，刹那或永恒 /174

闲时俱忘 /177

雨和泪的始终 /180

一半尘土，一半流云 /183

中年的哲学是认输 /186

古诗词里的问 /189

## 第五章　用目光去暖，用心灵去爱

接近成功的失败 /195

枯萎的阳光 /198

浪是鱼的风 /200

那一天是唯一一天 /203

清心方可倾心 /206

它们懂得的，我不懂 /209

我能给你翅膀，但给不了你天空 /212

已从花下别，又向花间逢 /215

拥挤的雨 /218

永不落幕的灿烂 /221

用目光去暖，用心灵去爱 /224

我想自己建所房子 /226

图书馆里的老人 /229

以终为始 /232

铅笔，铅笔 /235

# 第一章
## 行如歌，静如云

旧时月轻抚遥远的情节，不熄的梦与盼氤氲。行走在去远方的路上，每一步都踏响无悔的歌。

# 春水流入秋水

　　春天的水是那么快乐，仿佛消尽的冰雪都化成奔跑的笑纹。我经常站在四月的呼兰河畔，看着一河唱歌的水流向远方，也流进我欢喜的心里。那时候我是多么相信只要一直向前，就会奔向梦中的那片海，相信青山遮不住，相信这世间所有的执着都不被岁月辜负。后来我才于沧桑中，于无数条岔路上，终于明白，纷扰的尘世会无声无息地篡改太多的初心。

　　哪有什么遮不住的梦想，梦想都在熙来攘往中变成了欲望，一变再变，直到面目全非。想想当年那个站在呼兰河畔的少年，想想曾经的那些个春天，在天地间启程的目光，在心底正生长羽翼的梦，恍若隔世。多年以后，当我再次回到呼兰河畔，夕阳在对岸徘徊，西风在芦苇丛中流连，我却再也捡拾不起遥远的心情。被折断的目光跌落在水里，折翼的梦是生命中永远的痛。耳畔的流水声全是叹息，人世光阴迅捷如斯，被我清澈目光轻抚过的春水，如今已流成了秋水。何处得秋霜啊，这半生的际遇，兜兜转转，走得越远，离梦想就越远，要多少声喟叹才染白了鬓边的发。

　　冲淡这些消极和喟叹的，并不是什么顿悟，而是面对流水忽然想起一件往事。大学时有个好友，并不是我们班的，我们因为都喜欢古诗词而相识，并成为朋友。他那时对一个女生颇有好感，似乎女生对他也并不讨厌，他偶尔会约女生去校园后面的河边散散步。可是那个桃花开放的春天，他那欲说还休的爱情还未启程就到了终点。据他讲，也没什么冲突，女生就不再理他。当时他们在小河边漫步，踩着一地的花影，他给她唱歌。他虽然比较沉默内向，唱歌却是不错的。他唱的是当时比较流行的一首《春水流》，很应景，女生也挺喜欢听。可是听着听着，女生就问他："你只看到春水，就没看到秋水吗？"他一愣，在女生期待的目光里抓耳挠腮、不明所以。于是，就画下了一个句点。

　　他抱怨，真是莫名其妙嘛，明明就是春天的河，哪里来的秋水？我也只是笑而不语，任他在那里百思不得其解。直到许久以后，他才反应过来，捶胸顿足，不停地念叨："亏我还读了那么多古诗词，秋水啊，秋水啊，她眼睛那么大，目光那么明亮，我怎么这么傻，都忘了李贺的'一双瞳人剪秋水'。"我笑："一看你就没吃过秋天的菠菜。"当他想明白，那个女生早已远去了。

　　他只看到了春水，没有看到秋水，更没能看到一河春水流入女生秋水般的双眸。不过，时光流逝，也只是一个美丽的遗憾而已。他为此还专门写了一首小诗，来美化那个错过。这让我想起海涅曾说过，诗人会把自己巨大的悲伤化为小小的歌谣。

　　所以站在三十多年后的呼兰河畔，站在巨大的秋天里，回想蹉跎的半世已如逝水，也很想写一首小诗，或者歌谣，来化解那份苍凉。只是，心中无诗情，眼前无诗意，原来，我离诗也那么远了。原来，我也从人生的春水流入了人生的秋水，和眼前的河不同，我只有一次四季轮回。

其实，爱情也好，理想也好，在人生的河畔，都只是一种错过而已。也许，错过才是一种常态。纠缠于那些错过，只会一再地错过。想想，芸芸众生如蚁奔劳，有几个还记得最初的脚印？这些东西都不能深想，想多了，想深了，就到了人生意义的高度。而那些所谓的意义太高，于我们而言，即使能理解，也并不具有实际意义。可是，回想这些年，真的没有什么坚持吗？肯定有的吧，就像我大学时那个不懂秋水的朋友，一直热爱着的古诗词，虽然他没有进入梦想中的和诗词古文化有关的行业，虽然他从事着和梦想相隔十万八千里的工作，可他还是没有丢掉诗词。这世间的每一个人，都有着自己的某种坚持吧，不会随世事变迁而改变。那些坚持，虽然不一定是最初想的那一个，但一定是最热爱的那一个，或者，是最放不下的那一个。

我也有着自己的坚持，不能释怀的种种，虽然无法重来，可我的这份不甘，也算是一种坚持吧？况且，我能于现在写下这些文字，还有这些年写了那么多字，更应该是一种坚持吧？有坚持，就是有梦吧，就是有了脚印吧，回首不应该太过于荒芜和荒凉。

这样想着，对岸的夕阳已经只余尾音，一颗星已悄然亮起在黄昏里。西风如涌，秋水长天，广阔天地形成另一种美。虽然仍有不甘，遗憾却少了许多。有所坚持就好，流动的生命与热爱，除了自己的心，没什么能遮住。

呼兰河的叹息又重新变成了轻唱。

春水流入秋水,也是一种执着。

## 翻过童年的山

我回忆过太多的童年往事，都是简单的快乐与朴素的幸福。对于那些坎坷的甚至苦难的，我极少提及，就算是提到了，也只是轻描淡写一带而过。如今再回想，那些经历，也都深蕴着无尽的眷恋。

五岁之前，我一直生活在出生的那个村庄。一大家子，爷爷奶奶、父亲母亲还有老姑老叔。每天我都和姐姐们在一起玩。那个草檐下曾有着那么多亲切的笑脸，即使半生已过，那些笑依然穿透时光的壁障，温暖太多的苍凉。

三岁多的时候，我迎来人生的第一次灾难。有一次感冒严重，就找了村里的医生打了肌肉针。当时的人们有个头疼脑热的，都是简单吃点药，严重一点，就用酒烧一片镇痛片喝下去，实在太严重了才会打针。要是听说哪个人居然打点滴了，那人几乎是要不行了。只是没想到，我这小小的一针，就打出了问题。当时村里的大夫都属于赤脚医生，水平着实有限，给我打针的那个还算是比较厉害的，可他居然一针就扎到了我的坐骨神经上，导致我好几个月不能走路，差一点就瘫痪了。

可能我运气比较好，也可能那时候不懂得后果会怎样，所以几乎没有什么难过、恐惧。每天二姐背着我出去玩，我觉得也挺好。这一次有惊无险，却把家里人都吓坏了。

有时候我会想，如果当时我瘫痪了，或者成了瘸子，人生的际遇可能就完全不一样了。不知那是一条怎样的路，想来也一定会充满艰辛。我与那样的人生擦肩而过，在一个小小的针尖上，我趔趄了一下，没有跌落。

那两年似乎是我的黑暗时代。四岁时候的一个下午，我在炕上疯跑，一下子摔到地上，右前臂两根骨头全都折断。家人和亲戚都说我小时候嘴特别甜，非常会说话，哄得人开心。他们回忆，虽然我摔断了胳膊很疼，可是小嘴依然叭叭说个不停。坐着马车去镇上，当然那时不叫乡镇，而是叫公社，又从公社坐火车去县城。在拥挤的火车上，父亲和大人们护着我不被挤到胳膊，我却好奇地问这问那，因为那是我第一次坐火车。在县城，一个亲戚找了一个当医生的朋友，那个医生私下给我接的骨。可能也是那医生技术不太过硬，最后骨头没有对正，而且过程中很疼痛。后来折腾了几次，一直不理想。

直到十多岁的时候，右臂还能摸出一个明显的棱；二十多岁的时候，右臂还有一个明显的弧度；三十多岁的时候，似乎不那么明显了，可是仔细对比之下，右前臂要比左前臂粗壮一些。而且每逢变天之前右臂都会酸痛，比天气预报还准。

幸好我的胳膊和腿都没有留下什么后遗症，也让小小的我知道能跑能跳的可贵。所以那时候攀墙爬树、蹿上跳下，虽然也经常有些磕磕碰碰，但都不是什么大事。只有一次稍严重一些，那还是冬天，学校操场浇了冰滑道，我们的体育课都是冰上课，学习滑冰。我换好分到的冰刀，是上面带鞋的那种，把鞋穿好，把鞋带绑紧，就冲向了滑道。虽然天很冷，脚很快冻得失去了知觉，但我们依然乐此不疲。不知过了多久，忽然左脚有些异样的感觉，而且感觉越来越强烈，就赶紧滑到边上的雪堆上坐下。解开鞋带，脱左脚鞋的时候，明显费劲，而且鞋里满是红色的冰，用力把脚抽出的瞬间，我分明看到一根长长的钉子从我脚心被拔出来。

那是往冰鞋上固定冰刀的钉子，不知怎么透了出来。当我单腿跳着回到教室，恢复了温度之后，血就止不住了，而且尖锐的疼痛开始蔓延开来，仿佛那根钉子正在往脚里努力穿行。其实并不算多严重的伤，只是寒冬腊月，穿着母亲缝制的鞋每天单腿跳着去学校，而教室里的火炉也不那么热，所以脚心的伤不但愈合得特别慢，更要命的是，脚还冻伤了。总之，一直拖到暑假，在家里足不出户到快过年才算好了。

扎脚事件并不算什么，只因为是在寒冬，才有了许多波折。虽然那时农村的野孩子受伤是常事，可像我这样经历好几次危险情况的，却并不常见。长大后回望童年，那几次的事都像是高高低低的山，幸好都爬了过来。其实我并不是单纯地想记录这几件事，虽然有的看似惊心动魄，但走过后也不觉得怎样，我更想记录彼时的心情。最主要的是家人当时对我的关心与担忧，特别是当外面所有人看了都说我会瘫痪时，只有家人坚信我会好起来。那时候太小，已不记得母亲的眼泪，不记得父亲的愤怒，不记得爷爷奶奶的叹息和无奈，只记得姐姐的疼爱和她背上的温暖。记忆虽然已漫漶，却在后来长长的岁月里奔涌成河。

童年还有两座山，我怎么也爬不过去。依然是在我四五岁的时候，奶奶和姥姥相继去世。所以后来看到别人家的孩子，在奶奶或者姥姥的疼爱中撒娇玩耍，我满心都是羡慕和遗憾。之前太小不懂得珍惜，记忆也模糊了，可是再想在奶奶和姥姥怀里沉醉的时候，一切却已成无法弥补的缺失。那也许是我来世间的第一缕苍凉，拉开了离散的序幕。

后来终于明白，童年的那些山，无论过不过得去，其实都是爱的峰峦。

# 花儿落了结个大倭瓜

在《红楼梦》第四十回"金鸳鸯三宣牙牌令"的情节里,刘姥姥为迎合众人也跟着凑热闹行牙牌令,最后鸳鸯笑道:"凑成便是一枝花。"刘姥姥两手比画着忍住笑对道:"花儿落了结个大倭瓜。"于是太太、奶奶、姑娘、丫头们都大笑。我想,这一大群锦衣玉食的人肯定是没见过倭瓜花的,更不可能见过生长着的倭瓜。

那时候,我还不知道倭瓜就是传说中的南瓜,祖祖辈辈都亲切地叫它倭瓜。倭瓜和角瓜是一对随和的兄弟,田边地头、菜园边上、院墙外面,随处可种。不怕什么雨淋日晒,更不虞有人偷摘,因为它们太多了,几乎家家都种,而且生命力顽强。倭瓜在没有桎梏的情况下更是恣意,随风而长,满地乱爬,藤蔓牵扯着阳光。忽然在某一天,再看时,就开出了花朵。倭瓜花挺大,金黄金黄的,像一个个盛满阳光的喇叭。我们经常在这些喇叭中寻找快乐,有的倭瓜花的花蕊较长,揪下来,用嘴一吸,一股甜蜜蜜的水就幸福了我们的心。可我们知道轻重,也不敢都摘遍,怕到时一个倭瓜也不结。怕,并不是怕母亲打,而是真怕不结倭瓜,因为倭瓜还有着令我们着迷的好处。

当年的倭瓜品种很单一,都开大朵的金黄的花。那些花落后,也不知道从哪个时候开始,忽然就结瓜了,从起初很小的瓜纽,吹气一般长起来,到最后圆圆滚滚地躺在泥土上,沉默又内敛,厚重又骄傲。大倭瓜,确实是大,最大的快赶上脸盆了。母亲会溜达到地头,摘一个,我就吃力地捧着回家。其实我并不喜欢吃倭瓜,不管是炖土豆或者豆角,还是蒸,我都不感兴趣。但是夏天只有这些东西可吃,不爱吃也得吃。所以看姐姐们吃得香甜,我非常不解。实际上,那时我不只是不爱吃倭瓜,什么茄子、豆角、土豆这些都不爱吃。

现在很多曾经在农村生长的人,都喜欢吃粗粮和曾经的菜蔬,就算原来不爱吃的人也开始吃,不知是真好吃还是为了怀旧,更可能是觉得健康养生吧!但我直言不爱吃,就算爱吃的,当初也吃够了。它们,从没有因时光的浸染和往事的酝酿,而让我觉得可口。可是有一样,却是小时候爱吃如今依然爱吃的,那就是倭瓜籽。

所以,每次母亲剖开倭瓜,用勺子把里面的瓤和籽刮出来,再把籽挑出来,放在窗台上晾晒的时候,我就充满了期待。除了一小部分品相好的留作明年的种子,明年再被种进泥土里,藤蔓如日子一样勾勾连连、攒攒簇簇,再开花结果,轮回着又一次的心情与盼望外,剩下的那许多倭瓜籽,晒干后白净饱满,像一只只眼睛,勾着我心里的馋。在母亲收起之前,我总是偷偷剥开几个,那淡绿色的仁在阳光与目光里,化作春风十里。只生嚼几个,就齿颊留香。

倭瓜籽要留到过年的时候才能炒，炒熟后香味浓郁。外面大朵大朵的雪花和北风一起扑打着窗玻璃，炉中的火红红地旺着，嗑着倭瓜籽，觉得心一忽在春天，一忽在夏天。现在想来，那就是幸福吧，朴素的幸福，简单的快乐！

那么多的日子就像倭瓜的藤藤蔓蔓，前一刻还挨挨挤挤，下一刻就枯萎凋谢。一晃那么多年过去了，故乡的村庄陌生着一种熟悉，我也不再是曾经那个在倭瓜花间寻觅的小孩儿。已有三十多年没再见过故乡田畔的倭瓜了，也不知渐渐寥落的村庄还有没有人种它们，但我却知道，再没有像我这样的小孩儿，盼着它们长大，盼着那些香香的倭瓜籽了。不管这些还有没有，它们都在我心底葱茏着、沉默着。

那些如往事般沉默的倭瓜，虽然我不爱吃它，但我爱它。

# 旧时月

旧时月轻抚回忆。

温暖的窗唤醒时光里的细节。木头圆桌上,一支蜡烛正开着昏黄的花。母亲在一旁纳鞋底,我伏在那儿写作业,大姐一针一线地绣花,二姐翻看一本很旧的书,姥爷坐在炕上抽烟。父亲在遥远的兴安岭,不知此刻在做什么。烛焰摇摇,我们的影子在墙上微微晃动,厚重而亲切。转头间,瞥见大半个月亮正斜挂在草檐下,如一只深情的眼,如一张温柔的脸。一缕长长的晚风裹挟着南园里果蔬的清芬,从南窗闯入,悄然吹熄了烛火。刹那的黑暗后,幽幽的月光显出身影,我们没有动,都若有所思,月光点亮了每个人心底的幽微之处。

多年后回望这个场景,我深刻体会到了"灭烛怜光满"的意境。今夜的月光依然"升堂入室",却再也照不到岁月深处我们年轻的团聚与期盼。

村南大草甸上的夜是热闹的,我们奔跑的足音像一滴滴水融进如潮的蛙声里,明月高高,把心底微微的恐惧冲去无痕。当我们踩着一地的荒草与笑声跑回高处的大坝,转头看时,大大小小的池塘亮闪闪如一面面镜子,闪着无尽的眷恋,似乎能听见青蛙入水的细微之声。

似乎只是刹那之间,岁月的风吹老了很多的容颜。月光依然,大草甸却消失了,中年的我站在曾经的广阔中,生长记忆中的那片繁茂已变成农田,灵魂与心情都流浪无依。

旧时月长照别离。

那时父亲长年在外,随着县里的工程队辗转各地。父亲只有过年时才回来,经过短暂的欢聚,他就又要离家远行。过了正月十五的某个凌晨,我们就会送父亲到村口,然后他步行十多里去公路上搭乘前往县城的汽车。凌晨五点左右,天依然极黑,但父亲走时天都很晴,所以有月。消瘦了很多的月亮就在东边的天上,轻抚大地上的雪,于是人间就亮了起来。我们看着父亲走上村西的那条土路,踩着一地的雪和月光,只有影子跟着他,只有月亮跟着他。父亲的身影拉长了我们的目光,也拉开了又一次漫长的别离。

沧桑的四十年后,也是漆黑的凌晨,我和大姐还有表弟,带着父亲的骨灰,从小兴安岭深处回故乡的村庄,将他安葬。当车驶离了城市,开上了高速公路,转过几座山,抬眼间就看见半个月亮从群山的缝隙中露出脸来。它似乎不忍多看,只是几个呼吸就又隐到了山后。想起儿时的送别、儿时的月,那时送父亲走,盼着他的归期;而此时送父亲回乡,却再也盼不回他温暖的身影。

旧时月垂钓清思。

有一年，夜宿平遥古城，古老的房屋和院落，无眠，推门而出，月照中庭，如水空明。墙角一棵不知名的树上，枝叶间缀了许多亮亮的星星。石制的荷花缸里流淌出微微的香气，一只同样不肯睡的夜鸟，低鸣一声从月影中飞过。此刻心底全是怀古幽思，今人不见古时月啊，可在这样的情境中，我觉得时光没有流转，依然是唐时的月，而我也成了唐时一个月夜失眠之人。

可是我没有诗情，虽然心中翻涌着那么多的诗句，却都无法道尽此时此夜的清思。而明月明年，就已经不再是彼时的心境与情怀了。

旧时月，记得那么多的美好，是我生命中永远的一颗心，炯而无尘。

有月亮的晚上，曾经的人都在哪里？如水的月光柔柔洒落，会不会洗出他们在遥远时空里的一哭一笑一忧伤。

## 恋恋家乡饭

那时家家户户的炊烟长得一样，桌上的饭菜也差不多，无非是一些粗粮和自己种的菜蔬，就连腌的咸菜都大同小异。我是很不喜欢吃那些的，无论是粗糙的高粱米饭、小米饭，还是难以下咽的苞米面大饼子、苞米楂子粥，都让我本能地抗拒。那些菜蔬我也同样不喜欢，总觉得茄子有一种药味，豆角有一种草味，土豆有一种泥土味。吃白菜、生菜、萝卜、黄瓜、大葱、毛葱等蘸酱菜和婆婆丁等野菜，和吃草无异。

只是，我喜不喜欢并不重要，重要的是只有那些吃的，不吃就挨饿。所以，每顿都不喜欢，却吃得很多。于是，我们这些孩子就盼着腊月里杀年猪，盼着过年，一正月都是最幸福的时光。其实不只是我们这些小孩儿不爱吃，大人们也同样如此，只不过他们不说，要不他们怎么经常研究着要粗粮细做？我却觉得所谓的粗粮细做是失败的。苞米面做的发糕，和苞米面大饼子一样难吃；小米面蒸的散状，真是又粗又散唰唰掉渣，咬一口得一分钟才能咽下去，因此它又有个形象的小名，叫"噎死狗"；还有高粱米面裹着豆馅儿做成的"钢球"，物如其名，拿它能打死人。粗粮就是这样，把它们粉身碎骨也改变不了那种"粗"。

搬进城里后，我渐渐摆脱了农家饭菜，真是神采飞扬。可没想到多年以后，大家又都活回去了，流行吃粗粮，说是健康养生。这里先不提那些理论是否科学，就说粗粮如果真的那么好，八九十年代，为啥都是农村人想进城里，却没有一个城里人到农村生活呢？所以都是瞎扯，只不过是有一小部分人吃腻了好东西，想换换口味，举起一面养生的大旗，然后就有一群盲从者跟着去吃、去鼓吹。再后来，不提什么粗粮了，而是改头换面成遍布大街小巷的农家饭馆。但是进去一看，支撑着的还是大鱼大肉，只不过改成以前农村那种大铁锅来炖而已。如果把那些人带回八十年代去吃，我估计一顿就把他们吃够了。

别看我说得这么激昂，别看我后来极少吃农家饭菜，别看我依旧不喜欢，但是不喜欢并不代表讨厌，并不代表忘记与不怀念。虽然当年那么不喜欢那些饭菜的味道，可依然会怀念。也许经过了漫长岁月的沉淀，曾经的食物和曾经的心情都变了；也许是因为怀念那段岁月，从而爱屋及乌。如果让我选择，是吃着不喜欢的农家饭菜、却有所有的亲人相伴，还是吃着好吃的种种、亲人们却故去或离散？我当然是选择儿时的生活。也只能想想而已，我们没有选择的权利，只能被时光推着向前走，一直走到一切都离我们远去。

因为怀念，我也曾去那些农家菜馆尝过，完全不像从前那样难吃。曾经的菜里是极少极少的油，除了菜叶里没被挑出去的虫子，肉是根本不可能有的。所以他们根本无法还原老式农家菜，只能拙劣地模仿。当然，那些年我也曾去农村吃过饭，也是不放肉的菜，也是难以下咽的粗粮，却怎么也吃不出原来的味道。曾经的那种难吃的感觉，竟已珍贵得难以再次尝到，就像不能回去的旧时光。

后来我终于明白，也许与食材无关，与城乡无关。故乡的村庄面目全非，老宅也早已改头换面，亲人们星散四方，更是再没有年轻的母亲守着大铁锅操持一日三餐，那么，就是找来同样的东西，用同样的做法，再也吃不出从前的味道。所以，与人有关，与心情有关。

如果让我回到小时候，回到朴素的岁月里，回到那个草檐下的家，家里有年轻的亲人相伴，那么，即使吃着天天不变的饭菜，即使再难吃，我也是幸福的。

# 一灯如豆

一灯如豆，常见的词，可能绝大多数的人认为这是一种夸张的说法，怎么会有那么小的灯焰，而且又怎么可能是豆形的？如果我告诉你，这个词一点都不夸张，你可能会惊讶和怀疑。但是那一点如豆的灯光，却能照亮我生命中许多遥远而亲切的岁月。

懵懂的记忆中，在三四岁的时候，我家是点过油灯的。后来再大些，我去村里别人家，也经常可以看到油灯。而且，大多不是那种买来的油灯，而是自己因陋就简做成的。我那时在别人家见过最简单的油灯，就是用一个摔出豁口的小瓷碟来充当灯台，再自己用棉线搓一根灯捻，就成了。稍好一点的，就是用个小瓶子，做个开孔的铁皮瓶盖，依然是棉线搓成的捻。当然，也有人家的油灯是比较精美的，那多是祖辈传下来的。

我有记忆的时候，油灯已经使用煤油当燃料了。听父辈和爷爷辈们讲，更早的时候，是没有煤油的，而是用豆油点灯。那时候豆油也非常缺少，经常有人说，十斤豆油，连吃带点灯，得用一年才行。做菜的时候，只滴一两滴油。豆油这么珍贵稀缺，可以想见分配到油灯上该是更少的量了。所以那时候的夜里，除非必要，是决不点灯的。而点灯的时候，也是把灯捻留得极短极短，让灯焰尽可能地小，小到将熄不熄的状态最好。我是见过那样的灯火的，虽然那时已是点煤油了，却一样珍贵，一样尽量去省。我经常盯着那一点灯火，它蜷缩成小小的一团，黄豆粒般大小，静静地燃着，直到更暗下去要灭了，祖母才把灯捻往外拨拨。就在那样极昏暗的灯光下，祖母和母亲各自做着针线活儿，大姐在一旁写作业。

后来条件好一些了，煤油也不再那么少，于是那盏小油灯就"退役"了，沦为我们的玩具。父亲从仓房里翻出一个很大的玻璃马灯，重新搓成的棉捻也粗壮了许多，灯肚子里的煤油也足够，灯捻更是有了出头之日，不再缩头缩脑。点燃的马灯用一根绳子吊挂在棚杆上，俗话说"高灯下亮"，那确实是我们没见过的明亮，把屋里照得暖暖一片。我站在板凳上仰头去看灯焰，灯焰扬眉吐气，快乐地伸缩跳跃。我看见，家人们脸上的笑也多了起来，在灯光下轻快地流淌。

我上学之后，就已经有了电，但是一年要停大半年，停电的日子，我们已不再用油灯，而是点蜡烛。我清楚地记得，那时比较长的蜡烛是一毛四分钱一支，都是白色和红色的。一毛四分，在当时可不是什么零钱小钱，所以晚上点蜡，我们也是很小心去节省的。一支蜡烛插在简易的自制烛台上，烛台摆在桌子中间，烛光撑起一个眷恋的夜。我和姐姐们伏在桌上写作业，母亲一针一线地纳鞋底。烛光把我们的影子投到墙上，在影子微微摇曳的厚重中，透出温暖与踏实。正写着，忽觉烛光亮了许多，我们就争着去抢母亲旁边的剪刀，大姐挨着母亲，她往往得手，把剪刀张开靠近烛火根部，迅速一剪，剪断了烛捻，却剪不断烛火。这样是为了省着用蜡烛，不能让它过亮。

　　抢不到剪刀的我，只好去收集那些落在烛台上的烛泪，我已经收集了一盒子，并自制了一盏油灯，总是在家人睡熟的夜里悄悄点起。不知是哪个环节出了问题，可能是那些烛泪不如煤油浸透得快，也可能是我搓的灯捻不够好，就算露出很长一截，也依然不亮。那一点火光，虽然比记忆中的油灯灯火大了许多，却也只如豌豆般。可我却有着不为人知的兴奋，对着那一豆灯光放飞了太多的憧憬。

　　仿佛只是一夕之间，油灯和蜡烛就已消失于生活之中，也熄灭了太多的时光。可它们却依然在我心底的某个角落悠悠地燃着，从不曾熄灭。我经常在黑黑的夜里，像当初收集烛泪般收集遥远岁月里的点滴，然后用我的心做捻，点燃，哪怕一灯如豆，依然会照亮许多被遗忘的情节，依然能温暖我许多的希望。

# 上栏杆

南园的土墙倒塌了一段,没有再用泥土来砌,母亲用堆在墙角那些木头,横七竖八地立了一段栅栏,下端钉进土里,上端削尖,以阻拦那些不安分的鸡。土墙中间连着栅栏,像一扇宽宽的柴门,有一种别致的风韵。从此,我的目光和心情都有了一个憩息之地。

栏杆并不寂寞,虽然它静静地围着满园葱茏或寂寥,但它的沉默却引来那么多美好的事物。在晴好的日子,阳光整日栖落在上面,或朝阳或晚霞,把它涂抹得灿烂而深情。牵牛花是真实而全力地爬上栏杆的,它们的蔓在缝隙间钻来绕去一路向上,到了最顶端仍意犹未尽,又向空中伸展了很长一段,那段蔓呈螺旋状打了几个卷,似乎要努力缠绕住风或者阳光。牵牛花开了,里里外外,星星点点,张开喇叭样的嘴,呼唤或者笑。于是风也落上了栏杆,摇得花们娇躯颤颤,摇得我的目光和心情都起了涟漪。

花开了,蝴蝶就来了。它们先是落在栏杆的顶端,似乎在细细地观察挑选，然后某个瞬间随风而起，翩然落在某一朵花上。相比于蝴蝶的娴静，蜜蜂却吵吵闹闹，在爬满花的栏杆周围叫嚷。蜻蜓则是在凑热闹，它们对那些花并不感兴趣，它们成群地在半空中飞，透明的翅上驮着阳光，然后有一只或几只倏然下降，立在栅栏的尖上，像是在沉思。总是在不被预料的时候，它们又倏然而飞。我在窗后的思绪，仿佛上一刻还蕴敛如水，下一刻就神飞杳杳了。

有一次我在栅栏前数那些牵牛花，经常是数着数着就乱了，因为总是似乎凭空就又从叶间钻出一朵。蜂飞蝶舞，蜻蜓栖飞，它们或静或动，或忙或闲，都不怕我。忽然发现一只小小的蚂蚁，正沿着栅栏的木头往上爬，它并不沿直线走，时而围木头绕一圈，时而向下返回一段换个路线再向上，走走停停，像是小心翼翼，又像在寻找什么。本想一直观察它，可一只很大很多条腿的灰色虫子牵走了我的目光。我是很讨厌虫子的，特别是多腿的、软体的，于是拾起一根草棍，将虫子挑落，这么丑陋的它，怎么可能让它爬上去，和那些花在一起。可是后来才知道，那种虫子最后会变成花蝴蝶，于是后来我就不再驱逐虫子了，任它们也爬上栏杆。

我更喜欢在有月亮且无眠的夜里，静静地站在院子里，看月光洒满栅栏，并把园里的花影叶影都印了上去，看不见的风让画面轻轻摇曳。"月移花影上栏干"，我在小小少年的时候就已身临其境并深有体会了。月光下的栏杆有着一种静默中的神秘，就像月光下的思绪无远弗届。走近栏杆，看到缝隙间夹着一枚落叶，它也静静的，如一个生动的影子，告诉我秋天的消息。

秋天虽然来了，可依然很热，家人们更是在农田里忙碌。傍晚回来，会把草帽挂在栅栏的尖上，让阳光和风一遍遍洗去上面的汗痕。我走近去看草帽，它已在光阴里褪尽本色，黑乎乎如村人阳光下的脸。忽然看到栏杆木头上竟长出极细的枝芽，更细微的两片绿叶悄悄探出头，吸吮着月光。放了不知多少年的木头竟然还活着，而且在这个秋天，绽出了一星嫩绿。这一点点绿，像希望般，比月光更动人，更能点亮这个美好的夜。

大地上的一切，在冬天都寥落下来。栏杆上依然有阳光，却少了温度；依然有风，却狂暴而刺骨。有雪就好，灰扑扑的栏杆焕然一新，那一层雪就像画上去的，整个冬天因此而生动。可即使如此，我依然盼着春和夏，盼着呼唤的牵牛花，盼着那些精灵，盼着月光和花影，盼着那个凝神的我。

只是第二年的春天，牵牛花还没爬上栅栏，我们就搬走了。从此，一别无期。可是那么多年流走了，那一小段栏杆却一直在我的心里沉默着，在某个艳阳天，在某个明月夜，或在某个落雪的冬，栖满了回忆与眷恋。

# 书动知风好

我坐在窗前的缝纫机旁,安静地看一本苏联小说,可以算是儿童文学,叫《地下魔窟》。缝纫机不用的时候,就是我们的书桌。每看一会儿,我都会停下来,出神地想象一下那些场景。忽然,放在缝纫机上的书哗啦啦地翻了好几页。看窗外,墙头上几株开花的扫帚梅正摇曳着。再远一点,路旁的一棵杨树开始唱起了歌。

多好的风啊,想到村西的小池塘定是漾起了层层笑纹,想到伙伴们可能已经欢笑在笑纹里,便拿了书,冲进八月的阳光之海。有了风的徜徉,也不觉得太热。一路冲撞着来来往往的风跑到村外,笑声和流水声纠缠着将我拽到水畔。小伙伴们正在水中扑腾,我坐在岸边,笑着看他们。我并不下水,胆子小,最主要的是怕被父母收拾。水边的风更大些,且被水声洗得更清澈凉爽。我看着长长的风翻着一层层的细浪,也翻着我放在地上的那本书,或许风不识字,或许阳光认字,所以风翻书页,阳光停在上面阅读。

我不下水,我只坐在岸上,坐在风声水影里,坐在花草流年里,偶尔和阳光共同看几页书，看伙伴嬉戏，看对岸庄稼葱茏，看一个夏天正慢慢绽放到极致。这样看着，心里的满足和愉悦像河水一样轻轻地淌，像风一样轻轻地淌。

我喜欢有风的夏天，总能吹拂起许多美好的情节。放暑假之前，在教室里上课，我们的心就已经开始生长、渴盼。阳光透窗而入，扑落在课桌上，也映亮了半个黑板。老师在读课文，正沉浸在自己的声音里。在某个瞬间，大家面前的书便动了起来，然后翻过好几页。一阵迷路的风慌慌张张从窗口扑进来，我们都向外看。操场上不知哪个班在上体育课，那些小孩儿在阳光下奔跑得恣意且快乐；南边大坝上，有个老人正悠闲地在树荫里散步；更远处，几个不上学的孩子在大草甸里寻找鹌鹑蛋，虽然听不到、看不清，但我知道他们肯定在笑。

正遐想联翩，猛烈的敲黑板声将我们的思绪拉回，老师将黑板擦重重地扔在讲台上。阳光把她脸上的愤怒涂抹得生动无比，我就想笑，但强忍着。老师倏然抬手，一个粉笔头迅疾而准确地击中那个还在向窗外张望的男生。老师继续读课文，课本依然偶尔被风翻动，我强忍着心底的渴望，用力不让自己转头。一阵一阵的风，却早把我的心吹到外面，吹到美好的天地间。

伙伴们呼唤我下水，我只是笑着摇头，看着地上的书在风里轻翻。曾经在教室里渴望的场景，此刻真实地身处其中，快乐之余，竟有些想念上课的时光。就像坐在这里看对岸更好，可到了对岸，又觉得来处也那么好。如果能化作一缕风就好了，自由任意，哪里美好就奔向哪里。不知什么时候我睡着了，梦见了成长，或许只睡了很短的时间，就被风和笑声唤醒，眼里的世界更明亮了一些。

许多年后的夏天,依然会有好风自南,依然会有风翻书页,即使我很少再想出门去风里快乐,风却能将我的心吹拂进时光更深处。有时候我会觉得,当年在水畔的那个梦,至今都没有醒。

# 随风走过花蹊

我把那条细细弯弯的小径，称为寻春之路。

每一个冰雪融尽的三月，我都会把脚步放逐于呼兰河畔，那条小路人迹罕至，铺满了柔暖的阳光。当足音惊醒几声鸟鸣，当初生的细草咬痛了裤脚，当目光追逐着那朵洁白的云，心情就欢愉起来，我知道，春天已近在眼前。

唱歌的河淌进了心里，梦想就发芽拔节，很快葱茏成激情的海。不远处的路旁，是一小片早开的不知名的花，极细小，淡淡的黄色染亮了所有的足迹。所以我爱这里，那些花像极了愿望，艰难走过冬的寒凛，虽然柔弱得不起眼，却能于东风中最早绽放。

这条小路三十年不变，这些花依旧岁岁如约。我少年时曾随风而来，它们却早已来了，也是伴着长长的风。它们曾无数次燃起我心底的希望，让我的青春走得虽艰难却无悔。如今隔着那么多的光阴，满河的轻唱依然濯尽生命的尘埃。我慢慢地走，沿着我遥远的心情和脚印，捡拾许多不被岁月篡改的美好。

阳光栖在每一朵花上，浅浅的风淹没了新绿的草地，曾经抚慰少年时代的这一切，此刻，流淌成温暖的力量，让我的心和目光清澈地飞向远方。回想少年时的那些梦，在这半世的风尘里，有些被点亮，有些被熄灭，就像河里起起落落的浪花。可是我并没有什么遗憾，从少年到中年，从故地到他乡，虽然总有一些梦破碎，但也总有崭新的梦和春天一同启程。那么多的东西在变，可我前进的脚步不会变，就像这条刻满年轮的路，就像身畔不知疲倦的呼兰河。

　　布谷鸟的啼鸣从高高的天上飘落，满河的笑纹里写满了执着，路旁的花草都在咿咿低语。慢慢走过这条寻春之路，仿佛走过了太多的似水流年，我像那条河一样，感受到了远方的那片海，听到了最动人的召唤。

　　回头看，春天和梦已住进了心里，正生生不息。

# 微　醺

　　头脑中一抹浅浅淡淡的醉意氤氲，如一片轻云，固执地为我挡住了忧伤的光，却又清醒地唤醒许多沉眠的过往。时光是一条绵绵的河，某些浪花中深藏着一缕酒香，只有浅醉的心才能捕捉到。

　　在我三四岁的时候，爷爷喝酒，父亲并不喝。每次都是姐姐拿着瓶子去供销社打酒，空瓶子去，满瓶子回，爷爷的笑意就和瓶中酒一样荡漾着。

　　爷爷是经常喝醉的，他醉的时候，或者倒头就睡，或者坐在那儿发呆。多年后我了解了爷爷的经历，他从小就被过继到别人家，经历了很混乱的年代，还在伪满时期当过临时工。新中国成立后过了一段比较舒心平静的日子，然后就拖家带口地从城里搬到了乡下。即使这样，也没能躲掉被批斗。我记事的时候，爷爷也重获了自由。现在想来，他醉时的沉默里，或许满是感慨与不甘，满是不堪回首。

我更喜欢爷爷微醉的时候，他会拽过我们，教我们写毛笔字。就算我当时连字都不认识，只是拿着笔乱涂乱抹，他也不生气。然后是给我们讲古诗词，讲诗人生平，讲格律。除了诗人事迹，其他我们都根本听不懂，爷爷却兴致盎然。我对这些无来由地感兴趣，虽然听不懂，却很愿意听，那是一种很奇妙的感受。

　　我们搬到六里外姥爷家所在的村庄时，我五岁。父亲那个时候在县里工程队当会计，长年辗转于外地搞工程建设。可能就是从那时起，父亲学会了喝酒。几年后当父亲不再外出工作时，也如爷爷一般，除了早饭外，每一顿都要喝上一些酒。父亲在家喝酒就是小酌，二三两的酒壶，三四钱的小盅，悠然且怡然。酒后的父亲有着浅浅的醉意，会给我们讲天南海北的经历，那些他去过的地方、经历过的事，包括当地的民间传说、妖魔鬼怪，我们几个都听得着迷。所以每次吃过饭，等父亲喝尽最后一滴酒，我们就会凑上去，等父亲开口。

　　家搬进县城之后，生活压力陡然增大，父亲虽然还是每顿喝酒，也依然是微醉，却已没有了讲述的兴致。而且经常在外面饮醉归来，归来后是沉默。岁月暗换，仿佛只是刹那间，父亲就老了，爷爷也已离开我们很多很多年。在父亲去世前的两年里，他已经不再喝酒，每天在本子上记日记，还写回忆录。最后一年，父亲行动更是不便，连日记和回忆录也不写了，却经常给我讲往事。那样的时刻，仿佛时光重叠，我依然是那个小小少年，聆听着微醉却年轻的父亲讲他的经历。

　　父亲离开我们已十年了，我也白了头发。偶尔独饮后，会想起所有的往事，于是，本来微醺的我，就彻底醉了。

## 你只来过我梦里一次

　　尘世光阴迅捷如斯，转眼间父亲已经故去十年了，可那种思念的疼痛却仍如昨日。父亲离开后的前两年，我几乎每天都在想念，更想梦见他。因为父亲去世比较突然，我想在梦中问问他，有没有什么心愿，或者有什么话要对我说。只是，思念太强烈了反而无梦，或者，是父亲不想进入我的梦里，怕我更难过。

　　第三年的父亲节，看到朋友圈里那么多祝福父亲的话语，却如针在刺，疼醒所有的回忆。从没说过"我爱您"，从没祝福过"父亲节快乐"，如今想说，父亲却再也听不到了。那一天，我填了一首小词《采桑子》："阴阳梦断三年后，怕忆严亲。多少晨昏，秋月春花带泪痕。而今落落逢佳节，百念成尘。空顾无人，笑语清音何处闻。"只是依然无梦，思念穿不透阴阳，只能在无眠的夜里，捡拾曾经所有的点滴。

　　那个父亲节过后两个多月，一个落雨的夜，忽然就梦见了父亲，每个场景却都那么短暂。起初似乎是多年前的场景，在哈尔滨老火车站，父亲年轻，我亦无忧。然后是父亲中年的时候，坐在炕上喝酒，对我说着什么，我却怎么也听不清，只能看见笑容在他的脸上流淌。最后是父亲老年的样子，我们站在路边等绿灯，他在前，我在后。然后父亲回头，对我说想要帽子。刹那间，梦就散了。耳畔似乎还回响着父亲唯一被我听清楚的话语，窗外的雨声细碎而连绵，像往事，像心情。

再去上坟的时候，我买了一顶帽子送给父亲。火光中，我一句话也讲不出来，只能在心底不停地诉说。

后来多想再梦见父亲，却再也没有。也许那偶然的一次入梦，是父亲不忍我太想念，或者是想看我现在怎么样，他放心地走了。在充满思念的闲暇里，我翻看父亲留下来的东西。很多本日记，熟悉的字迹，遥远的情节，我在父亲的回忆中回忆，在父亲的感慨中感慨，在父亲的眷恋中眷恋。父亲的日记里多次提到我：我发表第一篇文章，出第一本书，他的骄傲与欣慰。可是他从来没和我说过，就像我也从来没对他说过爱与骄傲。还有几个很大的本子，里面贴的是一些剪报，有养生知识，有古诗词解读，有奇闻逸事，有书法作品，有象棋棋谱，就像一本百科全书，我却从每一个字里看到时光，看到时光深处戴着花镜阅读的父亲。

捧着日记，回想遥远的从前，当我还是小小孩童的时候，却经常梦见父亲。家在乡下，父亲在县里的建筑工程队当会计，长年在外，辗转于大小兴安岭。那时是多想父亲啊，每次父亲来信，夜里总会梦见父亲回家，那是我的暖与盼。而现在，只有想念，没有了盼。连梦都离开了我的夜，连温暖都遥远，更多的是此生无法弥补的遗憾和浓得化不开的苍凉。

最后一本剪报，竟全是我早年间在报纸上发表的文章，剪得认认真真，贴得整整齐齐。在每一篇文章旁边，父亲还写上了报纸名称和日期。最早的一篇还是三十多年前的，那么久远了，我早已忘了这篇短文，那个报纸也早已停刊了，父亲却留了下来。这些，他从不说，我也不知道。而此刻，每一篇稚嫩的文章都在呼唤我的泪。

父亲走了，爱还在，不入梦也不遗憾了。父亲即使不在梦里，也一直在心里。

# 檐　语

很浅的午睡被一只调皮的苍蝇扰醒，窗外七月的阳光正不知疲倦地漫天洒落。卖冰棍儿的那人已经走远，只有被晒变了形的吆喝声远远传来，拖着慵懒的尾音。吆喝声带着夏天的感觉，仿佛嘴里有了清甜，心里有了凉爽。

抬眼望，房檐下正垂挂着丝丝缕缕的风。那只不肯午睡的燕子，乘着细细的风滑进檐下的巢里。我家的房檐下，大大小小、形状各异的燕巢有五个，这五家燕子忙忙碌碌，秋去春来，岁岁如故。我是认得自家这些燕子的，每年春天它们都云路迢迢地归来，有时我也会奇怪，年年归来的只是那五对老燕，它们的后代却不见跟随，也许已经去别处安家了。

出门跃入阳光的海，去寻找小伙伴。在村南广阔的大草甸里，我们奔跑追逐，或于草丛中寻觅意外的快乐。我会回头望向我的村庄，村庄在一个坡上，房子一排比一排高。我能看见第三排我家的房子，草房在阳光下闪着淡淡的光，却无法看清檐下的种种。

一大片厚重的乌云从东南老山头那边奔跑过来，于是我们也向村里奔跑。刚进院子，雨就追上了我，等我蹿进屋，雨已经下冒了烟，阻断了我的目光。院子里的鸡鸭鹅猪狗早已各归其所，只有迅疾的雨声充满天地间，淹没了整个夏天。

似乎只有十分钟左右的样子，雨就跑过去了，阳光再次无声地倾泻而下，院子里的精灵们也再度热热闹闹地登场。推开窗子，鸭子们啄着水洼的轻笑声和猪们卧在泥水里惬意的哼哼声扑面而来，我没有理会它们，正被檐下亮闪闪的珠帘系住了目光。水珠密密麻麻地一颗接着一颗落下来，像是被无形的风穿系在一起。我向上看，檐上是整齐的房草，水珠正从每一根房草端部的细孔里渗出来，然后滴落。我拿着一个去年结的葫芦，打开塞子，去接那些无根之水，只一小会儿，葫芦里就传出叮咚之声，一声声敲打着我的心湖，也敲打着多年以后的回忆。

想起初春之时，天气晴好的日子，中午时房上的积雪开始在阳光下缓慢地燃烧，融化的水顺着房草淌下来，到房檐下却并不滴落。由于融化太慢，水太少，一颗水珠刚刚在细孔处酝酿出来，就又被冻结了，而下一滴水赶来拥挤着它想落下去，却在刚漫过它时也被冻结了，于是，檐下就形成了长短粗细不一的冰柱，我们叫冰溜子。等第二天依然阳光大好，冰溜子的底端开始滴水，极缓极慢，就像春天的脚步。我们经常掰下一根冰溜子，它们一头尖尖，成了我们手中的宝剑。

黄昏的时候，一抹斜阳挂在檐角，映亮了一张大大的蛛网，一只大大的黑蜘蛛端坐当中，它并不理会粘在网上的小小飞虫，只是偶尔爬动一下，两条前腿快速倒腾几下，把嘴里吐出的丝修补在破损处。蜘蛛爱在房檐下结网,特别是背阴的檐下,简直是蛛网纵横。不知是蜘蛛喜欢在幽暗处,还是飞虫喜欢在幽暗处。现在想来,曾经的北面房檐,那一份幽暗竟能点亮所有陈旧的细节。

被斜阳涂抹的檐下,似乎少了些什么。忽然想起,是少了一串串挂着的红辣椒和蒜辫子。那得是秋天的时候,串串辣椒和大蒜被挂在檐下晾晒,渐渐地,青蒜褪去了青涩,而辣椒也消瘦下去,只剩艳艳的红。夕阳就染着它们,它们在咿咿低语,说着季节的故事。

夜来了,躺在炕上,敞着窗,南来的风把满园果蔬的气息送进屋里。我却怎么也睡不着,听着邻家园里那几棵高大杨树的叶子也在低语,村南大草甸上蛙声如远远的潮声。向窗外看,许多星星都挂在杨树的枝叶间,半轮白白的月刚刚攀过檐角,正偷窥我的无眠。燕巢里偶尔会落下几声呢喃,听着听着,就进入了我的梦里。

第二天早晨,我看到房檐的房草里,竟钻出了几朵小小的蘑菇样的东西,深褐色,正悄悄举着一缕朝霞。许是昨天的那声雨,唤醒了沉睡的它们,它们才穿过漫长的夜来相约朝阳。这让我想起端午节的时候,母亲采来大把的艾蒿,插在檐下,再把自己用彩纸折的小葫芦拴在艾蒿上。于是房檐就有了另一种生机,蓬蓬勃勃的,像这个无限美好的季节。

沧桑的四十年过去,人与物皆非,不见了曾经的土房,也不见了曾经的故乡。只是时光里的一切,都在我的心底葱茏。因为,那遥远的檐下有明亮的窗,窗内有年轻而幸福的生活。

# 夜云轻

　　走出校门，走在回去的路上，还在想着之前老师在晚自习上讲的温庭筠那首《瑶瑟怨》："冰簟银床梦不成，碧天如水夜云轻。雁声远过潇湘去，十二楼中月自明。"秋夜的风静静长长，路旁的落叶也悄悄地随聚随分。月光牵出了我的影子，抬头看，大半个月亮斜挂在东边的天上，一缕云在它下面轻轻淡淡，被映得层次分明。

　　多好的秋夜，多应景的诗句。我站在一棵树下，踩着斑驳的月光，就那么出神地凝望。我知道有个人从身后走过来，脚下的落叶泄露了他的足音，他默默地站在我身旁，同我一同仰望。良久，他说："去河边走走？"在路上，我还不停地抬头看那些变幻的云。我们并肩坐在河畔，微微的西风涉水而来，将我们的思绪送向遥远。月亮高高，照着尘世间两个少年。

　　我们经常夜里来到呼兰河边，对一河流水，互相说着烦恼，或者畅想着未来，更多的时候，就那样无言地坐着。就像此刻，他一定觉得我心里很郁闷,因为今天公布期中成绩,我最擅长的语文竟然惨不忍睹。老师也委婉地批评了我,说我这阵子耽于诗词。其实,早在晚自习上老师讲诗的那一刻,我就释然了。老师还说,每天的晚自习都会讲一首诗词,我知道,她是为了我。

　　我忽然笑了,他也跟着笑,河水也笑,月光也笑。天地间暗了下来,我们都抬头,一朵云把月亮埋了进去。可是只一小会儿工夫,它就挣脱出来。其实只是云偶尔路过月,短暂的相逢后,是长长的别离。就像我们的青春遇见友谊,就像我们遇见彼此,明年就要毕业了,我们肯定是要分开的,不知何日重逢。云和月会互相记得吧?就像我和他,都会记得一生。

　　他还不确定毕业后是否继续读高中,他有着许多天马行空的想法和计划。他说的时候,我静静地听,而且相信他无论做想做的哪一样,都会一直做下去。我相信他,就像他相信我一样。在这个秋风细细的夜里,我们又一次说起了未来,说起我们的二十多岁、三十多岁、四五十岁时,说起年老时,仿佛一生那么清浅,就像近岸的河水,在月光下一眼看得分明。我们也明白,告别校园之后,会遇见太多的风雨、太多的歧路,每一程都会顺逆难测,可我们浑不在意,月光下的青春,有着无尽的信心和力量。

　　我们也说到了不成功会怎样,是从头再来还是另起一行,我们都很坚定,觉得就算倒在逐梦的路上,也不回头。于是又笑,我们愿意这样说、这样想,哪怕日后真的让世事淹没了梦。最后,他说,管那些呢,走着看吧,谁知道未来会怎样呢!

　　是啊,哪会知道未来的事呢,那么多的变迁和不可预料在等着我们期待的心。就像天上的云,轻柔之间,却变幻万千,终是不知游向何处。可我们都愿意记住那些个夜晚,记住所说的理想,不管以后遇到怎样的境遇,都不遗忘。

云是我们幽微的心事,而那皎洁的月,就是我们青春里明明白白的心。

# 行如歌，静如云

　　黄昏的一场雨，湿了流光，我撑着一把旧伞走在那条狭窄又曲折的小街上。街的一侧是两人高的砖墙，我慢慢地走，看细密的雨丝斜斜地在墙上涂抹。晴好的日子，会有一只黑猫蹲在墙头的某处，半仰着头，不知看哪一方位。路面积了一层薄薄的水，小小的涟漪此起彼伏，像我此刻细腻而不平静的心情。这个时候，琴声来了，仿佛刹那出现，却又毫不突兀，雨声一下子遥远成了背景。

　　我细细地听，这似乎是一个小小的乐队在排练，有吉他、贝斯、架子鼓，甚至手鼓的声音，《加州旅馆》的超长前奏舒缓而灵动。音乐声从高高的墙里流淌出来，被雨洗得带着一丝湿润，然后歌声也来了，主唱应该是年龄不大，声音有几分稚嫩却略着刻意的沧桑："On a dark desert highway,cool wind in my hair..."。随着我的脚步，歌声隐约不定。依然不知在哪个刹那，天地间又只剩下了雨声。转过一个小弯，又与歌声重逢，这次换了一首我没听过的，却依然美好。走出小街，就到了城市的边缘，眼前是一片开阔的野地，呼兰河在大地上书写着生动的一笔。身后的歌声彻底隐去了，却在我心上印下不散的尾音。

那是多少年前了，我还那么年轻，年轻得让现在的我嫉妒。已记不得当时的心情，只记得那份孤独，或者是初涉社会的迷茫与失望交织成的寂寞。幸好有歌声相伴，就像在暗夜里加进了星光，就像在大海上点缀了白帆，就像在蓝天上绘满了云。那时我也是喜欢看云的，总是倚在小小的窗前，目光和心都随它去远方，也看到了沧桑万古，看到了变幻无常。指点云踪，问自己许多问题，直到问出遍体冷汗，问出前路莫测。

对门人家有一个十七八岁的男孩儿，留着长长的发，还很叛逆，经常听见他被他父亲打得哭叫求饶。我一直注意他，并不是因为他经常挨打，而是他一出家门，脸上的笑就绽放了，吹着口哨不知去哪里潇洒。他的口哨吹得特别棒，也常让我听得入了神。他可能也注意到了我，也许在他眼里，我是一个经常呆坐呆望的傻瓜式的人。有一次，我从他飞过来的瞬间眼光里，看到了一丝怜悯，并没有相差几岁，却仿佛格格不入。不过我确实挺羡慕他，前一刻挨揍，后一刻却能开心，他大步向前走，偶尔在风中甩一下长发。

有时候我会倚在街口的高墙上，看人来人往，看每一个人的神情，严肃的、焦虑的、欢快的、冷漠的、微笑的，每一张脸都写着一种生活。我很想问问每一个人："你要去哪里啊？"街边也有一些老年人，他们静静坐在那儿，有着相似的神情与沉默，我也很想问问每一个人："你在想些什么呢？"阳光在不远处盛开，身后的墙上爬满了树的影子,那样的时刻,面对扰攘的红尘,我竟是那么地静。

如今站在中年里回望,依然是感慨,那时的一切都那么清澈,连同寂寞沉默,连同悄喜轻愁,就像那些动听的歌和纯白的云。只是不知从什么时候开始,走着走着,歌声就遥远了,云也暗淡了,许多美好不再发生,或者依然发生着我却视而不见。所以有时候就需要一种唤醒,唤醒尘封的心,唤醒沉睡的情怀。这种唤醒往往是不经意的,可遇不可求。

看三十年前的老杂志,看到那首古老的民谣:"埋在干草堆里缓缓走入平原的样子,岔道口的排风吹得槭树哗啦啦地响,接着有雨点掉下来,池塘里的野鸭子追逐着天上落下来的雨泡……"那些文字变成歌声在心里流连,当初听这首歌的时候,我总是想起遥远的曾经。我还是小小的少年,坐在马车高高的玉米堆上,走向温暖的村庄。赶车的亲戚一边大声唱着二人转,一边把鞭梢甩得啪啪响。除了二人转,他还总唱那首《苦乐年华》,虽然调不那么准,却能唱出一种别样的味道。他虽然劳苦一辈子,嘴里的歌声却没断过。就像他在我家喝酒时说的,什么苦啊乐的,干吧,唱吧,喝吧!现在想来,我,也许还有很多人,会傻傻地分不清苦和乐。

忽然想起依然是年轻的时候,在呼兰小城,端午节的清晨,人们都涌去呼兰河畔踏青。广阔的草地上全是人,还有搭着舞台的各种演出。然后,熟悉的音乐在嘈杂之声的缝隙里钻出来,流淌进我的耳朵。琴声牵着我的脚步,那是一个不大的舞台,几个年轻人并排坐在上面,抱着吉他、贝斯,我虽然只听了不到一分钟，但就知道，他们是曾经在落雨的黄昏里在窄街弹琴唱歌的那几个人。依然是那首《加州旅馆》，依然是入心的旋律，依然是稚嫩且刻意沧桑的声音，近距离地听，却有着另一种感受。我旁边有个中年人，看着听着，眼里闪着泪光。他告诉我，这几个孩子不容易，每一个都有残疾，或者是看不见，或者是发不出声音，或者是腿有问题，可他们从没有抛弃音乐，而音乐和美好也从没有放弃他们。最后，他有些骄傲地对我说，左边弹吉他的那个，是他儿子。

　　想起这件事，也是一种唤醒。也算是从迷茫或麻木中走了出来，许多东西都慢慢回归。不管怎么走，有歌声就好；不管怎么寂寞，有云就好。悲伤的路有悲伤的歌，幸福的路有幸福的歌，奋斗的路有奋斗的歌，每一条路都是一首歌。即使无歌的路，也可以让足音飞舞成如歌的行板，跟着歌声走，前面肯定不会太暗淡。停下来的时候，静下来的时候，伴一朵悠然的云，也让心洁白成一朵自由的云，酝酿一场可以濯洗心灵的雨。

# 心中有盼

　　每个人的心中都是有着盼望的，儿时盼长大，长大盼实现梦想，中年盼退休，老年盼长寿，等等。当然这些都是长期的盼望，而那些短暂的盼望更是几乎每天都有，无论大小，只要能盼着，就说明是美好的事。就算是一个自称绝望的人，其实心里也是残存着一丝盼的，希望之火并不那么容易就被灭尽。

　　盼望是一种憧憬，是对所勾画的未来的一种期待。这种盼是和梦想结合在一起的，所以会成为一种前行的力量。而空盼则往往和不切实际的幻想纠缠着，或者是一种过高的期待，这样的人往往不思进取，不想通过努力来获得成功，只是想着天上掉馅儿饼。可有时候，我们的盼望与自己的努力无关，就像战争年代盼和平，长夜盼天亮，冬天盼花开。这种盼终会实现，需要的只是等待，可总是有人绝望于等待的过程中。

　　盼望也往往会和欲望有关。当然，并不是所有的欲望都是不好的，可更多的时候，有些贪欲会让盼望变成偏离正路的力量。

这种盼不只是心里的状态，还常会化作一些伎俩和手段。欲望和梦想的区别就在于，梦想是通过正常的努力来实现，而欲望总是通过不择手段来满足。所以，由它们衍生出来的盼望自然有着本质的不同。

有一种盼望，不是盼自己怎样，也不是盼世道怎样，而是盼别人怎样。盼别人好，是最动人的情感和情怀。父母盼儿女有出息，是无私的爱；我们盼朋友事业有成，是美好的祝愿。这种盼是一道道美丽的桥梁，沟通起世间的真情。当然，也有盼别人不好的。盼上司出事，自己好取而代之；盼着比自己强的人倒霉，总有着奇异的心理安慰。这种盼与嫉妒息息相关，看着比自己强的人倒霉，就算对自己没啥好处，但也心里舒坦。特别是当自己不顺的时候，也盼着别人不顺，这样就会有一种心理平衡。

更有一种盼实则是一种侥幸心理。面对一件风险重重的事，盼着没关系，盼着不会出事，盼着不那么点背落在自己头上，于是小心翼翼，于是瞻前顾后。特别是当侥幸成功一次后，那种盼望就更为炽烈，于是再无所顾忌，甚至铤而走险。

其实，古往今来，许多盼望是美好的。思妇的念远之泪，征夫的思归之情，都在清夜绽放飞舞成温暖的希望。盼一纸鱼雁写满思念，盼家乡莼鲈深慰离愁，盼月夜虚幌双照泪痕，盼露白之夜兄弟团聚，这些盼，虽然伴幽怨或清愁，却是最美的慰藉。

更有一些盼是凄美的。悬崖上望夫的女子，潮水中抱柱的尾生，一个是盼人不归，一个是待人不至，于是盼望转决绝，一个化石，一个溺亡。这里不去讨论他们的行为，只是那种盼望，已近信仰，高于生命。将盼望上升到一种信念、一种信仰，也许是盼的最高境界了。

　　我小学时的课文《春天来了》,第一句就是:"盼望着,盼望着,东风来了,春天的脚步近了。"想起那时,所有的盼望都是那么简单、那么清澈,我们又那么容易满足、那么容易幸福。所以,我们只有保持一颗清澈的心,在世事风尘中不让最初的愿望被篡改,才会拥有一种简单而美好的盼望。那份盼是一粒朴素的种子,却能于生命中生长绽放出最动人的眷恋。

# 第二章
# 种在目光里的风景

走在阳光铺成的路上,采撷每一帧入心的风景,让生命中的热爱静静流连,让心底的梦慢慢生长。

# 一半风雨，满窗夕阳

少年时家在小城西郊，一座小小的厢房院落，母亲在前面的小院种了许多花草，只有一条细细的路从院门通到房门。而房后，是一个更小的后院，搬来之前就长着两棵并不十分高大的樱桃树，枝叶互通，它们占据了绝大部分的空间，其余的缝隙则被来来往往的风填满。

我喜欢后院，虽然活动空间不大，但隐身于枝叶之下，看向远处地势更低的平阔的原野，有着一种悠然之趣。我最喜欢有雨的时候，由于后院太小，又有两棵树遮遮掩掩，再加上两侧的高墙，所以再大的雨，落进来也只剩了一半。我站在树下，或倚在墙角，看满天飘摇的风雨落向无边的大地，只有零星的灵巧雨滴躲过层层枝叶的阻挡落在脸上身上，有被雨梳过的风来撩拨我的头发。那样的时刻，心底的尘埃都被濯尽，我静处于红尘一隅，伴后院的一半风雨，看天地如洗。

每年的四月末到五月初，是樱桃树的花期，那两棵树都开白花，丛丛簇簇地挤满了枝丫。这些樱桃花只能在黄昏时分才能沐浴到阳光，因为是西厢房，后窗和后院都是朝西的。那扇小小的后窗彼时是最灿烂的，夕阳把玻璃敲得通红，把满树花影印到屋里的墙上地上，也印在窗后我微笑的脸上。我爱这满窗的夕阳，它用最绚丽的色彩来涂亮那些幽暗的角落，让日间沉默的、不被注意的地方，也生动起来。

眉眼含笑的樱桃花，只十天左右便开始谢落。有两只不知名的鸟，每天都要落在枝上，相谈甚欢，然后在某个瞬间振翅飞走。那根枝被踩踏得颤抖着，几朵白花就悄然飘落。鸟飞后，风迫不及待地来了，虽然有两面高墙一面房体，可挡不住会拐弯的风。风不往角落去，只缠绕着两棵树，于是落红成阵，随聚随散。雨也适时地来了，花瓣就零落成泥。可那时的我，看风雨中的落花，没有丝毫的感伤，反而有一种清清浅浅的喜悦在心底流淌。多好啊，再过上些时日，就可以吃上鲜艳盈润的樱桃了。

少年的我守着那扇窗，守着小小的后院，伴着风雨夕阳，静看流年在眼前生动。而那一年的高考，因一场意外的病而失败。那个秋天，我依然坐在窗后，看着西风中删繁就简的两棵树，可心底的失落与悲伤却不能随树叶落尽。夕阳也不再点亮我的眼睛，心如墙角那丛依然绿着的草，看似完整，却正在迅速走向枯萎。雨也是冷冷的，哪怕只能落进来一半，也泥泞着所有的心情。我沉沦于人生的第一场失败中，满目凄凉，看不到明天，看不到父母在我身后的担忧与愁颜。

我静静而沉重地等着涅槃，等着心灵的蜕变。某个如旧的黄昏，当夕阳扑向坐在窗台上的我，那个刹那，心里就有什么东西忽然碎裂了，然后是前所未有的轻松，轻松过后又生长出无尽的希望和力量。转过身，我的笑点亮了父母的眼睛。

那一天，长长的西风吹斜了绵绵的秋雨，我倚在后院的墙角，迎一半的风，看一半的雨。身后的墙沉默着一种厚重的踏实，还有那两棵无言的树，多像我的父亲母亲啊，这许多年来，用他们的身躯为我遮挡着一半的风雨。下午的时候，雨停了，风还在，把天空的阴云扫尽。夕阳如约而来，我和父母在窗后，共看那一轮落日向大地做着盛大的告别。夕阳如父母的爱，每日不变，把我心中的阴影洗去，把我生命中的暗淡点亮。

晚霞满天，父亲对母亲说："晚霞行千里。明天是个晴天！"

母亲笑着点头："还是晴天好啊！"

# 雨味

母亲在农田里锄草,我在地头用狗尾巴草编小狗。原本漫天洒落的阳光忽然消散,之前还远在天边的那簇云此刻黑压压到了头顶,大雨就这样倏然而至。这在伏天是很常见的事,我快速跑向那棵树,只是它还太年轻,只刹那间,我就被雨紧拥。抬头,透过密集而模糊的雨帘,看见母亲蹲伏在田地里,任凭雨将她淹没。

雨中有一种特别的气味,不是普通的水汽,我曾仔细感受过,像这种大雨,水汽中夹杂着一种匆匆的转瞬即逝的味道,来去如电却又生生不息,我猜想这就是天上的神秘气味。而细雨里,大地上的各种气味就融了进来,绵绵密密,和雨一起织成一张网,打捞起许多相关的心情,这是来自人间的气味。

雨停了,各种动人的气味纷纷登场,流淌在清新的空气里。就像潮水退去,沙滩上的美好显露出来。庄稼的淡香、草木的清芬,都在湿润泥土的气味里氤氲,溪水般洗亮世界,也洗出心底温暖的眷恋。母亲又开始锄草，她偶尔停下，看着雨后精神抖擞的庄稼，欣慰地笑。

童年的雨味，浸润着黑土地的情思，如一只温暖的无形之手，一遍遍拂去多年后心上的积尘。

搬离故乡的村庄时，正下着五月的雨，细细密密，缠缠绵绵，交织成无边的愁绪与不舍，紧紧拥着我的少年的心跳。坐在汽车敞开的后厢里，任浅浅的雨将我深深地淹没。故乡用最后的雨和雨中的气味为我送行，我感受着雨中的气味从亲切到陌生，从此踏上离乡之路，不知远方有怎样的心境，在等着并不如何憧憬的我。

在县城的小小院落里，我也曾在檐下看过无数次的雨，每次心都是游离于雨外，雨中游荡着城市的各种气味，再也无法与那些遥远的场景和心情重叠。

后来，离开得越来越远，回望曾经的小小县城，也成故乡。成了真正的异乡人，连雨都是种种陌生。有一个夏夜，归途遇雨，黑暗之中，无形的雨无声地洒落，山路旁的草气花香暗暗萦绕，酷似从前的气味。奈何情怀迥异，无法入心，反而有一种孤寂之感。孤寂时候在雨中，雨和雨味就带着无边的空旷和空虚与我相依，却没有温暖。

异乡的雨总会敲醒心底沉眠的漂泊无依之感，而雨味中陌生的熟悉，却总能叩开一扇扇回忆与伤感之门。我和那些雨一样，一旦启程，就再回不去曾经。

再回去时，已是三十四年之后，依然是五月，依然是细细密密、缠缠绵绵的雨，轻笼着复杂的心绪。离开时是小小少年，而归来，已鬓发如星。有燕子在雨中斜斜地飞,似乎也在追寻着某种气味。它们也新归不久,却不再是童年的那些。在漫长的离别里,它们已经换了不知多少代,可是每一年,它们都不忘回家。在面目全非的村庄土路上,在亲切的雨中,在熟悉的气味里,我一步一步地捡拾回忆。

已近中午,村庄里剩下的二百来户人家,开始升腾起炊烟。雨没有熄灭炊烟,也没有淡去烟火之气。想起儿时,细雨挡不住我们这群野孩子,在村里村外撒了欢儿地玩,当村庄上空的炊烟和雨纠缠不休时,我们才各自向家里跑去。可如今,烟灯细雨如旧,我却茫然不知所之。故园已面目一新,除了沉睡的往事,除了我无依的目光和心情,余无他物。果然是一旦离开,就回不去了。

雨还在无休止地下着,每一滴都落进我的心底。故乡的雨,洗去身上的客尘,却无法洗去心上的乡愁。

# 半盘棋，一辈子

　　附近的公园里有一个老人，七十岁左右，除了冬天，几乎每天都能在那片树林里看见他。他坐在一棵树下，面前摆开一副象棋。他身上和棋盘上落满斑驳的光影，他在那些点点的明暗中，皱着眉头思索。

　　初见他，我觉得这个老者是一个高手，一般能和自己对弈的，都不简单。我曾远远观察很多次，他前面都下得极快，估计是到了中盘以后，就慢了下来，每走一步都思考很长时间。有时候似乎是烦了，猛地把棋子拂乱，很有些气急败坏的样子。可是吸了一支烟后，就平静下来，重新摆好棋子，从头开始。我看了那么多次，他自己和自己较量，却从来没有下完过一盘。有时候，有别的老者路过，会问："我陪你杀一盘？"他抬头，目光茫然，好一会儿才回过神儿来，不好意思地笑说："我下棋不行，我就是瞎摆，闲着没事。"

　　我看他挺随和，于是慢慢靠得越来越近，最后，我已经站在他对面看他下棋了。于是就看出了问题,前面三十多步,双方都是固定不变的走法。从前面一来一往的招式来看,老者的棋力属于一般水平。可是到了后面,就有了变化,他越下越慢,总是走一两步就陷入长考,然后摆回来重新走。我是曾经花过几年时间研究并苦练过象棋的,所以越发觉得奇怪,前面固定不变的三十多步虽然平常,可是后面他走得却很有些高深莫测,而且变化极为繁复,看得我暗自心惊。只是他每次都没有走到最后,总是打乱了重来。而且那时候他会特别烦躁,喃喃自语:"到底怎么回事,该怎么走?"

有一次,他难得没有一来就摆上棋盘,而是坐在那儿默默吸烟,我已经等在那里。他忽然问我:"你说,到底是啥决定走哪一步棋呢?"我想了想,说:"应该是对各种棋谱的熟悉程度吧?"他摇了摇头:"这应该不是主要原因,我也没想明白!"我忽然想起自己下棋的经历,想起自己一直很谨慎,轻易不走险招,这时我灵光一闪,说:"我觉得是性格!"他一拍大腿:"对对,性格,我怎么没想到呢?"他快速摆好棋盘棋子,快速走完那三十多步,然后自言自语:"他的性格……"虽然这次他下得快了许多,可最终仍是没有完成。

有一段时间,我有事去了外地,回来后,赶紧去公园的树林里,老者还在那里。他看了我一眼,继续低头下棋。又是一盘有始无终的棋局之后,他接过我递给他的烟,点燃,问我:"是不是觉得挺奇怪?我天天摆弄这么一盘棋!"我点头。

老者出生在乡下,并在农村生活了近二十年。每天除了跟生产队出工干活儿,就是下棋。虽然棋艺一般,但当时也是几个大队的高手之一。同村有个比他小一岁的青年，棋下得也好，他俩经常切磋，常常忘了苦累。他们互有胜负，水平相当。后来，忽然不变的生活起了波澜，有一个推荐上工农兵大学的名额，大家都知道这是一个改变命运的机会，可是年轻人里，只有爱下棋的他俩具备条件。大队干部不想得罪人，让他俩自己解决到底是谁去，于是，关乎命运的一盘棋就开始了。

只是，这盘棋只走了三十多步，那个青年就开始长时间思考，最后伸手拂乱了棋盘，说："咱俩下过太多盘了，走到这里，我肯定是不行了，认输！"然后伸出手和他紧紧握了一下，就在众人不解的目光中离开了，丝毫没有遗憾和颓废之色。

老者告诉我，他原本也以为那盘棋走到那个程度，肯定是他赢的机会很大。当他去上大学，当他毕业后回到公社工作，当他渐渐升迁，心里的疑问却与日俱增。当初，他真的可以赢下那盘棋吗？那个人真的输了吗？那个人是不是在成全自己？终于有一天，他回到村里，想和老对手再下一盘，才知道，那个人由于积劳成疾，已经去世一年多了。这更让他放不下这件事，即使后来他在市里当了局长，也总会想起，越想越觉得，自己今天的一切本应是那个人的，留在农村干活儿甚至累死的，应该是自己。这成了他的心病，一直到退休都没有缓解。

退休后，他每天都研究棋艺，也每天都在复盘那盘棋，想接续后面没完成的部分，可总是不能成功。他总觉得，把自己当成那个人，这个本来就靠不住，这样对弈的结果也不会准确。他甚至专门去请教过象棋大师，可对于这半盘棋，象棋大师也说到了这个盘面，根本不能断定谁胜谁负。可他依然想要一个确切结果，上次我提醒他的性格问题,他觉得有了思路。那个人性格开朗,敢作敢当,敢爱敢恨,下棋也是不拘一格,所以,他尝试用这种性格来驾驭棋子,可是依然无法完成那盘棋。

我说:"你现在的棋艺已经高出当年不知多少倍,这样也是不行的。你得把双方的水平都保持在五十年前的程度,这才有可能下完。"其实,我知道,这是一个永远没有确切答案的问题,因为不确定因素太多了。可是,他已执着这么多年,是不可能放弃的。果然,听了我的话,他又快速摆上棋子,和对面那个看不见的人厮杀起来。很快,他又开始长考了,一动不动如凝固了一般。

我转身离开,走出很远回头看,他前倾的身影弯弯的,像个问号。

# 南风微度

　　破旧的客车行驶在沙石公路上，路一如既往地坑坑洼洼，车厢上下左右地颠簸，连坐带站的人们肌肤相亲。所有的车窗都开着，七月的阳光透窗而入，我和母亲拥挤在汗味与嘈杂中摇摇晃晃，我觉得我们像一群搁浅的鱼，在努力挣扎。有个小孩儿在哭，哭声锯条一般拉扯着本就烦躁的心。不知哪个人晕车呕吐，那种味道在众多的气味中独树一帜。每个人脸上都写满了难熬，三十里的路在坚持中漫长无比。

　　闷、热、烦，就在这种种情绪汇集着要到达一个爆发的顶点时，忽然一阵小小的风溜进了车厢。汗水是最先捕捉到那一缕清凉的，如果不是满脸满身爬满汗水，我是绝对不会感知到这么轻微的风的。目光挤过人群向车窗外飞去，路南的一排树枝叶一动不动，再远处的庄稼地，快一人高的玉米也在炎热中沉默。真不知这缕风从哪里钻出来，又怎样跑进不紧不慢的汽车，似乎每个人都感受到了它，如释重负的舒气声此起彼伏。笑容又从人们的脸上生长出来，相识的人开始唠起今年的天气与收成。

终于下了车，站在路旁的树荫里，天高地阔，空气清新，我又变成了入水的鱼。离故乡的村庄还有八里地，对于年轻的母亲来说只是几趟田垄的长度，对于年少的我来说只是一段玩乐的路途。回望县城的方向，心里的激动依然在哗啦啦地流淌。这次去呼兰县城，第一次看见了呼兰河。当表哥带我行走在曲折的岸边，当那座有着九个孔洞的大桥以一种震撼的形象进入我的眼帘，当无尽的河水以一种从容的姿态流进我的心里，生命中就像是有一些种子苏醒了。它们萌动着，不知将来破土而出的是怎样不被预料的美好。呼兰河由北向南奔向松花江，对岸的草木葱茏，时有鸟鸣渡河而来，带着河水的湿润与清澈。有浅浅的风从南边漫过来，淹没了深深的草，刹那间满心都是夏天的感觉。

那时我已是知道了萧红的，除了课本里的《火烧云》之外，也已读了《呼兰河传》。在微微的南风里，书中的情节如浪花闪闪烁烁，就像是现实与梦幻的碰撞。南风细细长长，就像我彼时幽微的思绪。

通往村庄的土路上，我和母亲讲着呼兰河，讲着这次的遗憾，就是没能去萧红故居看看。母亲说："那个急啥，以后你要是考进呼兰一中，就能天天去看。"当时我才上四年级，高中那么遥远的事从没想过。也许这也是一粒种子吧，被母亲不经意地种下。村庄在望，熟悉的大地，而在此刻，我能感觉到，原来那种自由恣意的野性，正在我生命中悄悄转变成蓬勃的希望。

回到家，先用手压井压出一瓢极凉的水，然后一饮而尽。坐在炕的最里边，伏在窗台上，是那种古老的上下两截的窗，上面那截已经抬起挂在棚顶的吊钩上，活动的下半截已经拿下来，于是通畅无阻，南风虽微，却可长驱直入。外面的窗台上蹲着几只胆大的母鸡，隔着一脉流风和我勇敢地对视。我的目光在流淌的风里逆流而上，看见已换了衣裳的母亲正在南菜园的红绿之间忙碌，各种果蔬的清香随风飘荡。一只蝴蝶停在园墙的短栅尖上，双翅立起合并，轻轻地颤动，这个细节几十年一直不忘，总让我想起"蝶翅光阴"一词。更南边，就是广阔的大草甸，那是我们永远的乐园。再遥远处，就是隐约的松花江，偶尔能看到船影。

母亲已开始张罗晚饭，父亲还没回来，大姐坐在柜子旁一针一针地绣花，二姐不知跑哪个伙伴家去玩了。我把《呼兰河传》翻出来又看了看，耳畔似乎总是流水的轻唱。起身离开院子，到村西的河边看一看，我们的河细细弯弯，没有呼兰河那种宏大的气势，却带着温暖的眷恋流淌在我的心里，而我却从没想过，一直流淌了几十年。回头看，村庄的炊烟正次第升起，微微地倾斜在长长的南风里。渐渐地，一些呼唤孩子小名的声音远远近近地响起，那是母亲们的声音，我们这些孩子，被母亲们的呼唤声牵回家吃饭。

南风吹过四十年，吹瘦了故乡的小河，吹散了村南的大草甸，吹老了母亲的容颜，也吹白了曾经那个小小少年的发。当年在南风里种下的种子，都在时光里慢慢生根发芽、拔节开花。我如愿考进了呼兰一中，也上了大学，一直坚持写作，现在也出了那么多的书，这也算是还岁月一份圆满。只是母亲已经老了，老了的母亲经常倚在窗前，在南来的风里遥望或沉思。

前些日子回老家的村庄，人物皆非，只有南风依旧，吹出我满眼的泪。

# 南方的南，北京的北

在小学课本里知道了"南方"这个词，却根本无法想象南方到底在哪里。总之，那时我们都认为南方是一个神奇的地方，我们飘雪的时候，那里居然会落雨，而且全村的燕子都去那里过冬，想来很远，肯定比哈尔滨还要远一些，可能也比哈尔滨更大一些。村里绝大多数的人没有走出过县城，甚至没有走出过乡镇，提起南方，都会说，那可远咯，走十天都走不到。

我们知道，我们这里属于北方，可是发现，和课本上描绘的北方有些不一样，后来才明白，这里是东北，最远、最冷的地方。可能是因为冷，所以才会不一样。秋天的时候，没注意到燕子具体哪天飞走的，只是发现时，檐下只余那些空巢。所以每当看到雁阵高高地飞过村庄，向南而去，就会牵扯我的目光和心情。南方，自然是在南边，一个我的目光和心情都到达不了的地方。每年的春末，当燕子纷纷飞回，当我家的那些燕子开始忙碌着衔泥补巢，我会仰着头问它们，南方到底在哪里？那里都有什么？它们翅上驮着风和阳光不停地奔忙,偶尔回答我两句,我也听不懂它们要告诉我什么。

从此南方成了我的一种渴望,是我无法想象的遥远。而且我们已经知道,南方不但比哈尔滨远,而且比北京更远。北京是在上学前就知道的,从家里的那些小小的红本子里,从大镜子上的图案中,从一些传唱的歌曲里,天安门就那样闪着金灿灿的光走进我们的眼睛和心里。每次下雨的时候,我们这群孩子都会大声喊着:"大雨哗哗下,北京来电话。让我去当兵,我还没长大。"这可能是独属于我们那一代人的童谣,蕴含着一种朴素的理想。于是北京成了我们的一种向往,一个憧憬。原本以为北京是在南方,因为它那么远,当我知道北京也是北方的时候,觉得很合理,要不怎么名字里有个"北"呢?更觉得,中国真是太大了,北京那么远,都是北方,那么,南方也应该很大。

有一次,父亲要写封信,让我去村里小卖店买信封邮票。邮票八分钱,上面是蓝色的长城图案。回去我问父亲这是哪里的长城,父亲说是北京的八达岭。父亲是去过北京的,在他上中学的时候。父亲经常给我们讲起那个火热的时代,讲天安门是怎样辉煌。父亲写好了信,装进信封贴好邮票,让我拿去大队部,等公社的邮递员来了就可以寄出了。我看到收信地址是湖南省,问父亲:"湖南是南方了吧?"得到肯定回答后,惊喜,问:"南方我们有亲戚吗?"父亲说并不是亲戚,那只是他年轻时认识的一个人,互留了地址,这几年开始有了联系。拿着信走在路上,奇妙的感觉涌上来,一枚小小的北京长城的邮票,带着一封信,从我们的村庄出发,飞过大半个中国,飞到南方,真是不可思议。

那时候，觉得自己以后也很难走那么远，要是能像父亲那样让信飞到北京、飞到南方也挺好。只是我在南方没有认识的人，把信写给谁？我的字就没办法飞向远方了。就在这个时候，大表姐的女儿给了我一个希望，她比我还大四岁，当时也就十五六岁。她天天写文章比如一些童话，用信寄出去，于是我懂了一个词叫"投稿"。有一天，她收到一个大大的信封，里面有一本《儿童文学》，她给我们看，上面有她的名字，还有她写的文章。我翻看了好久，问她这是哪里寄来的，她说是北京。我又问会有很多人看到她的名字吗，她说是。我说这本书能到南方去吗，她说能到全国各地。羡慕之情流淌成河，虽然她没有走出村庄，可名字却走遍全国了。

从此，我心底就埋下了一颗种子。后来，我搬进了县城，接触到了一个比村庄更大的世界，也早已知道了北京有多远，南方有多大。而且，几年后，我的文章开始在一些中学生类杂志上发表，我的名字带着我的文字开始走向远方。至此，心底那颗种子发出了芽，南方的南，北京的北，我的心和梦想已先于我的脚步抵达。

# 清风识字

"清风不识字,何故乱翻书。"看到放在窗台上的书被南风吹乱,他感叹古人诗句之妙。

他走过去,书被随意翻到了一页。那是他闲暇时经常读的《诗经》,他看了一眼那页,又翻回之前读到的地方。阳光暖暖,长风阵阵,书香淡淡,他喜欢这样安静而惬意的时光。看了一会儿,放下书,看着窗外的一树葱茏,看着远天的一抹云影,心就不知飞向了何处,无着无依,如风如云。风又来了,飞快地翻着书,风走后,他看到书又被翻到了那一页。他翻回来,继续看,直到电话响起,才放下书匆匆出门。

回来的时候已是下午,坐在窗前的木椅上,让风和阳光卸落些许疲惫与烦躁,拿起书,竟又被风翻到了那页。难道清风识字吗?他笑了笑,继续从上次未完处读起。想起小时候,父亲也是经常这样悠然地在阳光下看书,于是母亲的唠叨声就没有停止过,说父亲没事就捧个书本,也不知道帮她干些家务活儿。其实他知道那时候的父亲是很累的,那么多农活儿,看书是父亲最好的休息。母亲也是知道的,她唠叨归唠叨,却从没真正让父亲干什么家务。

晚霞一层层地涂抹窗棂,他把书放在窗台上,特意没有合上,他想看看夜里的风还会不会来翻书,还会不会翻到那一页。他想看看这样的巧合能有多少次,或者,风真是识字的吧?这样想着的时候,就有些烦躁,这是之前很少有的情绪,带着这样的情绪入睡,梦里全是儿时的场景。无忧无虑的年代,只能梦里重回。

醒得极早,也是奇怪,难得放几天假,本想睡到自然醒,反而不困了。收拾完坐在窗前喝茶,瞥了一眼《诗经》,竟真的还是被翻到了那一页,而且页间静静躺着一枚半枯的树叶。他有些惊讶了,这风也通灵了,不但依然翻看那一页,还送了个书签做标记。仔细看那片叶子,在盛夏就有些枯了,上面纵横的纹络,让他想起母亲的手。母亲早早就白了头发,那时还不到五十岁,看着就像老太太。父亲倒是看着很年轻,到去世时都没有白头发,也没几条皱纹。只是,父亲却走得那么早,在母亲白了头发时就忽然走了,那时他大学还没毕业。父亲留给他很多书,他有时很感慨,作为地地道道的农民,父亲竟然会有这么多书,竟然看了这么多书。

母亲是一个字也不识的。据说在扫盲的年代,母亲也曾去学习过,可是怎么也记不住,然后就放弃了,说不识字也没啥不好。可是母亲有个神奇之处,虽然不识字,却能认出父亲和孩子们的名字。就是那几个名字放在那里,她能知道哪个是谁的名字,但如果把名字里的字单独拿出来,她就不认识了。他知道,母亲那是经过长年看而锻炼出来的，家里的麻袋上写的都是父亲的名字，为了收粮卖粮时不和别人家的弄混，母亲硬是记下了她眼中画符般的三个字。而对于他和姐妹们的名字，也差不多是这样，因为母亲虽不识字，可是每天都习惯地翻翻他们的书和作业本，书皮和作业本上，写着他们的名字。

他忽然觉得，母亲就和这翻书的长风一样，说不识字，但也是识字的。他拿起书，仔细看那一页，是一首叫《蓼莪》的诗，只前四句，就让他落下泪来："蓼蓼者莪，匪莪伊蒿。哀哀父母，生我劬劳！蓼蓼者莪，匪莪伊蔚。哀哀父母，生我劳瘁！"巨大的疼痛撞击着他的心，太久没有回去看母亲了，闲暇时，他看书品茗，觉得悠闲而怡然，却从没想过远在老家的母亲此刻在做什么，肯定是满心的期盼，期盼他能回去。他痛恨自己，竟然迷失了回家的心。

抛下书在窗台上，任清风翻阅。他匆匆跑出门，跑进七月的阳光里。

# 生命的碎片

去看望一位病重的前辈,病床上的他白发萧然,像一片摇摇欲坠的黄叶。他努力地笑,也努力地说,似乎是想让我们知道,即使病入膏肓,他依然不会喊痛。谈起身体情况,他说:"我觉得根本不像风中残烛,而是觉得自己的身体被撕成了很多的碎片,随着每一次呼吸就飞走一片。"我们都无言,似乎看到一片片的生命正在随风飘远。

从医院出来后,走在七月的阳光和风里,似乎有一种错觉,自己的身体也好像成了一堆碎片,每走一步,都会丢失一部分。仔细想,那或许是时间在不停地消散,又或许是我的思维或者心情,裹挟着往事不停地飞走。这样想着,竟然有微微的恐惧,等到了老病欲死的时候,还能剩下些什么?

我有一个朋友,早些年也曾狂热地爱上文学,几乎夜以继日地写小说,后来逐渐放弃,走上了他之前很不屑的经商之路,并干得风生水起。他辉煌的时候,我们几个曾经的文友去看过他一次，提起文学，提起曾经的热爱，他很有些鄙夷，似乎为自己曾经那么傻过而后悔。那次基本是不欢而散，后来我们都不再联系他，一晃十多年过去，他已经淡出了我们的生命。再次见到是邂逅，我丝毫没有认出他来，甚至他喊出了我的名字，我都没有想起他是谁。直到他报出自己的名字，"称名忆旧容"，可眼前的他怎么也无法与过去的容貌重合。极瘦弱，很长的头发白了大半，拄着一支手杖走路依然一瘸一拐，一条胳膊似乎毫无知觉地随身体摆动，看人的目光也说不出的别扭。一时很惊讶，当年肥硕健壮的他、意气风发的他，怎么变成这个样子？

坐在街边的花坛边上，一时彼此都有些唏嘘。他主动聊起了文学，并说看过我的许多文章。我不留情面地问："那时候你不是很后悔曾经爱上过文学吗？"他不以为忤，有些自嘲地解释："人对于不曾实现的都有着一种疼痛，有时候像一道疤不可碰触，不得不提到的时候，甚至会极力去贬低。"我盯着他的眼睛，他告诉我，左眼是假的。看我震惊的样子，他的笑竟有着几分得意。他又指着左腿，假的；左胳膊，假的；满嘴的牙，假的；右手，少了两根指头；身体里，有着好多钢板、钢钉……我目瞪口呆，这个家伙多年不见，快成机器人了。他说他当年正春风得意的时候，出了一场车祸，就成了这个样子，后来公司也渐渐衰败并倒闭。经历了大起大落之后，他忽然就明白心中对文学的热爱之火从不曾熄灭。于是又重新开始写，心平气和，不问前程。

我给他讲了那个前辈的事，并说了那个前辈把多病之身比成碎片，他听了，说自己的身体才是真正成了碎片。和他告别后，看着他艰难远去的背影，很有些感慨，他在自己的起落中重新找回最初的热爱,也算是一种不幸中的幸运了。

再次遇见他,是在城郊一片墓地。当时我去参加一个朋友父亲的葬礼,人散后我慢慢在墓地里穿行,然后就看见他,依然是上次的那个样子。他站在一座矮小的坟墓前,不知在低声诉说着什么。我走过去,看到我,他并没有惊讶,他说:"这是我的坟。"这家伙每次都能成功勾起我的好奇,也不知在弄什么玄虚。我问:"你不是站在坟外边吗?或者,这是你先给自己预备下的?"他带着一抹不明意味的笑意,告诉我,这的确是他的坟墓,也算是为自己先预备出来的,而且墓里已葬了一部分他自己。他在车祸中飞离身体的碎片,什么牙齿、胳膊、腿、碎肉等,都被埋进了这个坟墓。

他说他埋下的是曾经让他忘了初心的那一部分,除了身体的碎片,还有被世事迷醉而走入歧路的心。他说剩下的生命,虽然身体残缺零散如碎片,可是心和精神都是像当初一般崭新。我亦喟叹,我也应该把自己生命的一些碎片埋葬了。

# 石不通灵

他姓石，小名叫石头，也喜欢各种石头。他从小就着迷于收集各种石头，当然都是从河边或者山间捡来的，有的取形，有的取色，有的取纹。自然没有什么玛瑙一类，都是寻常石头。

喜欢各种石头，也是受他爹影响。他爹是个老石匠，粗糙的手却有着神奇的创造力，大到磨盘碌碡，小到精巧的摆件，都在叮叮当当声里诞生。他也是在叮叮当当声里诞生的，更是在叮叮当当声里成长的。爹给他起个"石头"的小名，可能认为他是自己最得意的作品。可他除了喜欢收集石头外，似乎并没有让爹满意的地方。本来爹觉得就算再累，也要供他上学，让他的手拿起笔，不要再拿起铁锤、钢钎、錾子，像自己一样和石头打一辈子交道。可他实在不争气，或者说脑袋像石头一样不开窍，初中磕磕绊绊读完，就死活不再上学了。

就这样闲散了一年多，爹把他叫到跟前，说他也不是小孩子了，和自己学当石匠吧！可他脖子梗着，就是不点头，逼急了，他说他宁可去种地,也不想天天凿石头!爹气得揍了他一顿,可他脾气和石头一样硬,爹也就由他了,因为爹知道,这小子随自己,一样的犟脾气。他真的去种地了,侍弄山间那十几亩薄田,用心且精心,结果秋收之后,发现产量真是少得可怜,也由此明白爹为什么要鼓捣石头了。

他并不甘心,去山外转了转,回来后就有了计划。第二年春天,他不顾爹妈反对,毅然放弃了种粮食,开始种药材。药材倒是大丰收,可是拉出山后,原先签订合同并卖给他种子的那个药材公司却人去楼空。他问了很多家药材店,都被请了出来。结果,那么多的药材,成了柴火。这一年的折腾,白费了工夫,没有了粮食,更白搭了那么多的种子钱。爹臭骂了他一顿,本想狠揍他,可想了想终是没下手。

那一年,他十六岁。他也着急上火,他也为难,他也努力寻找出路。烦躁时就摆弄那些他收藏的石头,甚至对着它们诉说和发问,他并不异想天开觉得石头某天能开口回答,更多的时候,只要石头无言,他就当成了默认。他在本子上列了许多计划,经过反复思考,经过多次和石头的交流,又勾掉了许多。然后他就又放手去做了,爹不管他,娘劝不了他,只是似乎命运并不青睐于他,他折腾的那些,无一例外地失败。而且,本就没什么底子的家,更是每况愈下。爹不再和他说话,面对他也没有任何表情,一家三口在一起吃着最简单、最粗糙的饭时,也都是各自埋头,连目光都不曾交集。

爹比以前更忙了,经常骑着自行车出去揽活儿,揽着了活儿,又拉上小板车去山上采石头,院子里堆了不少石头,不管冬夏,叮叮当当的声音充满了每一个日子。有一次他仔细打量了一下爹，竟有些心酸，爹只是四十岁出头，可看起来竟是个老头儿了。他曾无数次在心里嘲笑过爹，讽刺过爹，干着最重的活儿，挣着最少的钱，并暗下决心，决不走爹的路，一定要多挣钱，就算累，也要累得值得。可是在这一刻，他明白，爹是没有什么能力，爹是在用最大力气挣最少的钱，可是，就是这样，才撑起这个家啊！他不忍多想，再次出了山，这次是出去打工，这样至少不会赔钱。之前他是不愿意离开山里的，也许山是巨大的石头，对他也有着巨大的吸引力。

他在山外辗辗转转一年多，挣了些钱，也见了些世面，更明白些东西。于是他回到了山里，回到了家。父亲又去山里采石头了，妈给他做饭，什么也不问，认为他肯定是又失败了。吃饭的时候，他拿出这一年多剩下的钱给妈，妈哭了。吃过饭，他回屋打开那个大箱子，那些石头依然沉默。他呆呆地看了一会儿，忽瞥见角落里另一个小箱子，眼睛就暖了一下。打开，全是石牛，有十八个，每一个石牛都不一样，形态各异，栩栩如生。这都是爹给他做的，他属牛，出生时，爹就做了一个，那个最小。每年生日，爹都给他做一个石牛，石牛一年比一年大，第十八个，已经有一尺长了。想想这几年他没做成一件事，爹虽然不理他，可还是在他生日时做了石牛，悄悄放进这个箱子里。想到过几天自己又到生日了，这次爹会雕一头怎样的牛呢？这样想着，就想痴了，他迫切地等爹回来。

一片嘈杂惊醒他的想象。爹是被抬回来的，据乡亲们说，抬到半路，爹就咽了气。爹是采石头时摔下山的，当时就不行了。

看着娘撕心裂肺地哭,他竟没有眼泪,只是一遍遍看着爹苍老的容颜,摸着他硬如石头的手。他在心底一声声呼唤,多希望爹在下一刻睁开眼,甩自己一耳光,骂:"臭小子,还知道回来!"同时他很后悔,很痛恨自己,为什么要在家里等,为什么要看那些石头,为什么不去山里迎一下爹?

院子里有个小木棚,是爹以前雕石头的地方。在那里,他发现了一头更大一些的石牛,原来,爹已经做好了。

他再没有去山外,他扔掉了收集的那些石头,只留下了十九头石牛,他默默地拿起了铁锤、钢钎、錾子。

他还没来得及对爹说,他这次回来,就是决定要和爹学当石匠了。

# 闲逐南风过野桥

南风一来，我们的脚步就轻快了，和河水一样不倦地奔跑。被南风淹没的大地上，生长着无数的乐趣，也生长着我们这群野孩子恣意的足音和不羁的笑声。村庄如一个静静的梦，在远处的阳光下酝酿。我们呼啦啦地跑向野甸，像几滴雨扑向江河。

那条瘦瘦的溪是长不大的孩子，唱着歌，清清亮亮地赶路。我们和风赛跑，呼啸着跑过小桥。只有我回头看了一眼，看到桥头开着几簇不知名的野花，淡紫色，大簇大簇地在风里飘摇。小小的木板桥很结实，经历了那么多年的风行雨走，承载了村庄一茬茬孩子的脚步，也印满了牛羊的蹄痕，依然稳固，无言地记取每一声足音。我们毫不留恋地把小桥甩在身后，依然跟着南风去追低飞的鸟、惊慌的蛙和灵活的蚂蚱。

经常在某些阳光如雨的中午，我一个人跑到溪边，赤脚坐在厚厚的木板上，就那么悠荡着腿，脚尖不停地划过水面，那种感受极细腻轻微。鞋子放在身边，盛满了阳光，南来的风从身后挤过小桥，把桥头那几簇淡紫的野花撞得摇摇晃晃，然后向村庄的方向去了。对着一溪流水，心里像想了很多东西，又好像什么都没想，人坐在夏天里，心思却随风飞扬。

有一个夏夜，睡不着，溜出家门，慢慢走到小桥那里，虽寂无人声却<u>丝毫没有恐惧</u>。月华如练，银河垂地，我坐在桥板上，依然悠荡着双腿，依然脚尖轻划水面，放在身边的鞋子却盛满了月光。南风依然从身后挤过，裹挟着如潮的蛙声，扰醒那几簇睡着的野花。只是，一切都和白日里不一样，包括幽微的思绪。

破坏氛围的是成群的蚊子，它们奋不顾身扑向我，我穿上鞋落荒而逃。没走出多远，忽然一声很长很长的呼唤在旷野间漫过，是女人的声音，似乎在喊着谁的小名，声音哀婉中透着急切，使月光都淡了一些。刹那间，全身的汗毛都竖了起来。我知道，不远处，就有几座野坟，村里一直传言那里闹鬼。刚想放足狂奔，抬头间却见一个人影从来路上慢悠悠地走过来，朦胧之中看不真切，而我已经吓得迈不开脚步。那人影一边走一边长声地呼唤："二迷糊，跟妈回家啦——来家了——"恐惧之心顿去，二迷糊是村里一个小孩儿，肯定是吓着了，他妈出来喊他，这在当时是常见的事。二迷糊的妈妈看见我，开始也是吓了一跳，可能没认出我是谁，说："这谁家的野小子，这么晚不回去，不怕把魂丢了！"然后她又长一声短一声地呼唤着，走过了小桥。

很多年以后，那条瘦瘦的溪在回望里越发丰腴起来，而那座小小的板桥却温暖如初，行走着阳光月色，行走着夏日里不变的南风。一直记得那一夜，那一夜是唯一的一夜，小小的我、无边的月色、潺潺的流水、沉默的小桥、悄悄的南风、不绝的蛙鸣，还有二迷糊妈妈悠长的呼唤声,都在生命中沉淀成深深的眷恋。只是,当年那个小小的少年,如今也已鬓染秋霜了啊,阳光融不了,南风吹不散。故乡的村庄那么遥远,远得极少进入我的思乡梦中。

在小兴安岭深处的某一年夏天,我沿一条小小的河一直走到幽远处,然后,看见一座小小的板桥横卧在流水上。我慢慢地走过去,坐在桥板上,把鞋脱了放在身边,脚尖却触不到水面。四望群山静默,不是故乡的平野,除了流水声,除了南风走过草木的足音,余无他响。我坐在那里,思念如风。多想念那样的夏日,多想念那夜的小桥,星星和月亮都落进了水里;多想念那年的南风,牵着我的衣襟奔向一片又一片的美好;多想念那个小小的少年,清澈的心绪伴着清澈的梦。

可是再也无法重来了,回不去的曾经,是心上的暖,也是生命中的苍凉啊!那个夜里,我梦见了遥远的村庄和遥远的我,我慢慢走过小木桥,阳光和南风一遍遍地在上面徜徉。走上桥时还是少年,走过桥就老了。醒来的夜里,有月临窗,不停地濯洗着我的白发和回忆。

去年夏天,终于回到了故乡,四十年的人世光阴此刻却薄如蝉翼,即使眼前的村庄面目全非,即使再遇不到曾经的人,可我却能清晰地遇见回忆,遇见藏在这片大地上的每一个情节。在亲戚家吃过饭,我离开众人,自己向村外走,南风依依,一如从前。我停下了脚步,风依然在游走。我愣在那里,村外什么都没有了,无边无际的草甸,日夜歌唱的溪流,心心念念的小桥,从大地上消失了,满眼都是稻田。恍惚间我以为走错了地方,可是四处都一样，我曾经的那一切呢？难道只剩下南风了吗？

　　我按着记忆中的路，找寻到小桥的位置，溪流的痕迹已被抹平。我在那里彷徨，满心的难过失落，思念无凭。生长着我梦与留恋的地方没有了，我和我的回忆，从此只会无根地漂泊。忽然，我看到不远处，一簇簇淡紫的野花开得正盛，在阳光下，在长风里，摇曳着一种呼唤。我轻轻走过去，坐在它们身边，我相信，它们依然是曾经桥头的它们，它们还在，也许是年年等我归来。

　　想起遥远的月夜，二迷糊妈妈的一声声呼唤，我忽然觉得，自己的灵魂也丢在了这里，丢了四十年的岁月。可是，有谁能唤我归来啊！

　　我站起身，大声而悠长地喊了一声自己的小名，没有回应，空荡荡的天地，只有南风无言地走过。

# 爷爷说

"等着就是了！"这也是爷爷经常说的话。若有什么不好预料的事即将发生，家人都惶惶不安，爷爷却轻描淡写："有啥好怕的，等着就是了。"或者正处于什么烦恼或者不好的事之中，爷爷也不甚在意，总会过去的，等着就是了。

许多年以后，当我在世事的变幻中茫然失措，或于失落中消沉自责，或对未来忧心忡忡，想起爷爷说的话，就会努力劝自己不要无谓地忧虑，实在不行，等着就是了。该来的会来，该走的会走，哪有什么羁绊一生的坏运气，哪有过不去的火焰山。更多的时候，我们要做的，就是等。等结果出现，等一切过去，等云散月明，等水落石出。

爷爷还有一句口头语就是"我还活着呢"，在很多语境中都能运用到。比如，生气时："我还活着呢，轮不到你们说了算。"比如，做某件很难的事被人质疑时："我还活着呢，啥干不了？"比如，子女们遇到挫折怨天尤人时："我还活着呢，还能让你们受罪？"

比如，日子艰难陷入困境时："我还活着呢，就不信干不出来个温饱！"就是在病重病危之际，爷爷依然会说："我还活着呢……"

所以爷爷是坚强的，是不放弃希望的，只要活着，就没啥可怕的，干就是了！所以后来我经历了那么多的失望，经历了那么多的挫折打击，都没有真正绝望过，因为我还活着呢！活着就万事都有奔头，心还在跳动，就是奋进的鼙鼓响彻，只要活着，希望就在。

每当春回大地，积雪融尽，地气通透，春耕开始的时候，爷爷就早早地去田里干活儿了。小小的我经常跟着，或者半路去找爷爷。爷爷挺奇怪，经常自言自语，称很多东西为"老伙计"。看着那片田地，他说："老伙计，今年全靠你了！"对着一片生机盎然的秧苗，他说："老伙计又见面了，要长快点啊！"在田边歇着的时候，对锄头说："老伙计，你也老了，累了！"生病之后，他拄着一根自制的手杖慢慢地走，坐在哪儿休息时，又叹息着对手杖说："老伙计，现在只能靠你了！"

爷爷口中的"老伙计"，都是他热爱之物，是希望与心情的寄托。他一辈子都热爱土地，热爱劳动，热爱生命。可我们现在，经常不知道自己的热爱是什么，没有一个那么亲切相伴的"老伙计"，虽每天都忙碌着、疲惫着，却总是失落叹息。没有真正的热爱，没有把自己的热爱当成息息相关的"老伙计"，那么除了累，什么也没有。

那时生活都很困难，吃的都很粗糙，可爷爷却对吃饭永远保持着热情。吃窝头咸菜，他说好吃；吃小米饭或者苞米面大饼子，他说好吃；听父辈说，在自然灾害的年代，哪怕吃糠咽菜，爷爷也说好吃；过年吃饺子吃鱼，他一样说好吃。总之，"好吃"是爷爷对所有食物的一致评价，似乎就没有他不爱吃的东西。

可是，怎么现在大家都极少有"好吃"的感叹了呢？好像吃什么都没有惊喜，都没有特别喜欢，更没有什么特别的期待。想来，是都没挨过饿吧，如果饿上几天，肯定吃什么都会说好吃。其实，爷爷当初说"好吃"，并不只是因为挨过饿，更主要的是因为有着一种感恩之情。每一份饭菜，无论好坏，都是劳动所得、汗水所换，都应被珍惜且珍重，这就是感恩。有这样的心情，自然会好吃；有这样的心情，自然做什么都会用心。

爷爷说："等着就是了。"爷爷说："我还活着呢。"爷爷说："老伙计。"爷爷说："好吃。"原来爷爷那些常说的话，朴素中蕴含着情与理，竟是多年后我心底的温暖和力量。

# 种在目光里的风景

1

　　街旁的花坛边上，一个老大爷正在给一个老大娘揉脚，老大娘强忍着疼，七月的阳光如炽热的雨，将两个老人淋得脸都湿了。老大爷不时地给老大娘擦汗，并轻声说着什么。老大娘在搀扶下站了起来，左脚却不敢沾地，老大爷试着架着她的胳膊向前走，可她只迈出一步，就差点摔倒。老大爷只好又扶着她坐下来，继续给她按摩左脚。

　　我一边走一边感动着，老来伴、相濡以沫……一些美好的词在心间不停地生长。快走近的时候，老大爷正弯下腰，吃力地把老大娘背起来，慢慢地向前走。当我超过他们走出不远，一缕风送来他们的零星对话。

　　"儿子，妈能走，你让我下来！"

"妈，我能背动！"

## 2

那条叶落如雨的林间小路上，邻家大娘来来回回地走，还不停地呼唤着："宝儿，别藏着了，快出来跟奶奶回家吃饭了！"经常是这样一走就是一下午，满地的落叶都被踩得不再呻吟。路过的陌生人会觉得奇怪，可我们已经见惯不惊。

二十多年前，她天天带孙子来这条小路上，孙子跑来跑去，她就坐在一棵树下笑着看着，偶尔提醒着。有一次，她在秋日的暖阳里竟睡着了，她说只睡了一小会儿，醒了孙子就不见了。她惊慌失措地大声呼喊，不停地奔走，却一直没看到那个小小的身影，最后家人报了警，她也因此生了一场病。

斜阳被那一排杨树梳理成疏密有致的光条，印在小路上，长长的西风起了，满地的枯叶都在和邻家大娘一同呼唤。这时，一个高高瘦瘦的青年踩着斜阳和落叶来了，远远地就喊"奶奶"。这几乎是秋季每天都在上演的场景。

邻家大娘转过身，青年跑到她身边，依然一声声喊着"奶奶"。大娘迷茫的目光在青年脸上停留了很长时间，才渐渐清澈起来，笑意也漾上来，温暖着未干的泪痕。她在青年身上轻打几下："臭宝儿！快跟奶奶回家吃饭！"

## 3

大雪初霁,冬日的阳光白亮亮的没有温度。几乎是随着最后一朵雪花的飘落,李大爷就出了门。一个冬天都是这样,雪一停他立刻就出去,而且穿着一双很大很古老的军用皮棉鞋,脸上绽满了笑。出了大门,他走得极缓慢,而且每一步都走得特别稳,落脚时他会用力地踩雪,直到踩得脚下的雪非常实了,才迈另一步。确实,路上积了厚厚的雪,走路费劲,不小心还会摔倒。每走出几步,李大爷都会回头看看自己留下的脚印。那些足迹很深很明显,也比较整齐,他就满意地笑。

李大爷每次走得并不远,顶多是走到二百米外的街口,站上一小会儿,就原路返回。一个下午,大雪终于停了,我从外面往家走,中途去书店买了本书,走到我家那条街的时候,清雪车和环卫工人已经把积雪清理得差不多了。这时我看到李大爷站在街旁,四顾茫然。我赶紧走过去。一见我,他的脸上立刻写满了高兴。我们一边往回走,他一边叨叨:"今儿这雪扫得太快了!"

路上没有了雪,也就没有了人们的脚印,更没有了李大爷比较独特的脚印,所以他就没法沿着自己的脚印找到家了。因为从前年开始,他的健忘症越发严重了,很多事都忘记了,只能勉强认识人,却一点也不认得路了。

# 紫墨水

她批改着作文,阳光透过明净的窗子落在办公桌上,也有一部分爬上她年轻的脸。她翻开作文本,换了另一支钢笔,边看边点评。一个青涩而又寂寞的身影从窗前走过,她笑了笑,目光却又有些迷蒙,恍惚看到了十几年前的自己。

那时的她也是青涩又寂寞的,甚至有着几分胆怯,走在路上似乎总在小心翼翼地躲避着什么。没有伙伴,放学回去的路上,她甚至不敢去看每一片落霞,也不敢招惹亲近她的月华。她就这样尽量隐藏着自己,无论是恐惧的,还是美好的,她都不敢靠近。多年以后她才知道,那就是自卑。她的成绩一般,唯独作文还好一些,这也和她经常写日记有关,不过她买不起日记本,所以那些平常的作文本,就承载了她无数不为人知的心情和心事。

又一次作文本发下来,她飞快地翻开看,这几乎成了她所有的期待。果然,依然是紫色墨水的批语,浅浅的紫色带着淡淡的神秘,总能让她的心于温暖中平静下来。她知道,整个班级甚至整个学校，只有她作文本上的批语是紫色的，她也知道老师对她与众不同，她更知道，老师是什么时候开始对她好的。老师是一个二十多岁的有着婉约情致的女子，脾气并不坏，对每个人都是微笑着的。其实她起初对老师并没有什么好感，虽然老师是那么出众。她觉得，对所有人微笑和对所有人冷漠性质是一样的，这样没有明显偏爱或偏恨的人，没有棱角也失去了自我。可是后来，她觉得老师是唯一好的，不只是因为老师偏爱她，更因为她渐渐了解到老师更多的动人之处。

老师开始对她好，也是紫色批语的启程。她永远不会忘记那一天的那一刻，她拿着刚发下来的作文本，想看看老师写些什么。那时没什么期待，她明白老师肯定给每个人写的都差不多，千篇一律，就像老师对每个人露出的笑一样，美，却没有情感。只是打开作文本的瞬间，她觉得天塌了，因为她把现在正记日记的那个作文本错交了上去。所有心里的隐秘，那许多幽暗的心思，不再只是属于她自己，而且有可能会尽人皆知。她的手抖得厉害，眼前一阵阵发黑，她努力镇定了一下，空白页上一行紫色的字在朦胧中转向清晰："丫头别怕，这是我们两个人的秘密！"简单的一行字，熟悉却一直无感的字体，此刻却每一笔都闪着柔软的光，息了她心底的惊涛骇浪。她把本子合上，怕别人偷窥到她的秘密，更想回去后在安全的只有自己的床上细细地看。

那个作文本里写了一多半的日记了，每一篇的后面都有老师的留字，把所有的空白都填满。看着那些字，她仿佛听到了老师的声音，那声音和课堂上的不同，柔如春风春柳，悄悄地抚慰着她的心。她听见老师对她说，老师也曾是这样一个寂寞而敏感的丫头，也曾形单影只拖着自己的身影慢慢地走，也曾在泥泞里不知何去何从。她一直记得老师写下的那句话："看到你，我就看到了曾经的自己；看到你的日记，我就看到了自己少年时的心情。"不过老师比她胆子大一些，敢直接把那些心情写进作文里，幸运的是，老师也遇见了一个好老师。老师的老师，在老师的作文里写下了太多的话语，想来，也是同样柔而暖的感受吧！

从那以后，她的作文本里就写满了紫色的关心。虽然她依然是那么孤单，却少了一分落寞，因为心里有了期待。她有时会把写满了日记的本子当成作文交上去，也会故意在每篇日记后空出一页。想来也是奇怪，那么多的日子，她和老师就以这样特别的方式交流着，除此之外，她们没有过交谈。她爱上了这样的方式，她知道老师也爱，老师在少年时就爱。直到初中快毕业的时候，她才和老师有了第一次正式交谈。之前她还是有些忐忑的，老师对她的偏爱似乎并没有改变她的性格，也没有让她的成绩突飞猛进，可她心里却是有着幸福的，因为有了希望。

那个夏日的午后，她坐在老师的对面，阳光透过明净的窗子落在办公桌上，也有一部分爬上老师美丽的脸。她们说得那么自然，仿佛是多年的好友，又好像是自己与自己对话。她笑，她都惊讶自己在别人面前能这么放松地去笑，她告诉老师，那些写满了紫墨水字迹的本子她全都留着。她知道老师曾经的作文本也一直留着，那上面也有紫色的温暖。老师的老师，是自己制作的紫色墨水，好像是用什么蔬菜做原材料。可老师不会做，幸好当时有卖紫色墨水的。老师送给她一支钢笔，说，这是我专门给你批作文的笔，也是我的老师当年专门给我批作文的笔，质量特别好，送给你做纪念!

十多年的光阴,仿佛刹那间就过去了,往事如昨,每一个细节都在她心底落地生根了。阳光依然从窗子飞进来,落在办公桌上。她拿着那支古老而好用的钢笔,在眼前的作文本上写批语,更多的是写一些回忆与问候。一行行紫色的字,牵扯着太多的情思,她很幸福地笑,阳光爬进了她的笑意。

这时,那个青涩而寂寞的身影再次从窗前走过,她就喊了一声,那个女孩儿转过身冲她微笑。女孩儿曾在作文本上问过她,为什么是紫色。她用紫色的字告诉女孩儿:"我的老师告诉我,紫色高贵而又忧郁,浪漫而又神秘,像极了我安静的青春和青春里的心情。"她猜想,老师的这番话,是不是老师的老师曾经说过的呢?

所以她一直觉得,紫墨水流淌成的那些字,才是青春里的庄严和温柔。

# 不敢叹风尘

　　几乎每个人小时候，在外面受了欺负，回到家都会跟母亲诉说，甚至会哭泣。然后在母亲的轻声抚慰中，很快就恢复了快乐。母亲的怀抱是一个温暖的港湾，母亲的话语是轻柔的浪花，能洗去心上许多的委屈。

　　而长大后，不复儿时的心境，即使独自在外受尽白眼冷遇，可回家见到母亲时，也都是报喜不报忧。再不会像儿时那般诉说哭泣，只是为了让母亲安心。此时，母亲幸福而舒心的微笑与倾听，就是最大的安慰，也是所有力量的来源。因为已经长大，能够面对风雨，不能再让白发的母亲劳心费神，而是尽量让她放心。母亲在，就是最好的幸福。

　　就像有人曾经说过，一个人可以没有配偶儿女，可以没有兄弟姐妹，但都有母亲。我曾经认识一个孤儿，他从小体会不到亲情。可这个孩子并没有像别的孤儿那样，有着一种心灵或性格上的缺失，而是很乐观，上学后和同学们都相处得很好。而且当课文里提到母亲、母爱这类词，他也不难过不自卑，还和大家说，他也有妈妈，就是她不在他身边。我看过他写的日记，小小的少年，在很多篇日记里提到过妈妈，却都是说，他过得很好，今天有什么开心的事。他和我们的区别就在这里，我们小时候，是向母亲诉说委屈，可他，从小就已经知道，不让母亲担心。

他长大后，有一次和我说，就算妈妈不在人世了，他也是有妈妈的人！他在日记里写的是想念，写的是他的快乐和幸福的事。虽然她看不到，可他知道，她在某个地方肯定在惦记着他。

他知道，母亲在某个地方牵挂着他，所以即使在日记里，也不敢写自己的辛酸。清人蒋士铨在《岁暮到家》一诗中写道："爱子心无尽，归家喜及辰。寒衣针线密，家信墨痕新。见面怜清瘦，呼儿问苦辛。低回愧人子，不敢叹风尘。"短短四十字，把一个老母亲的爱和一个游子对母亲的感恩，表达得深沉感人。

我有一个朋友，已经过了花甲之年，父母虽已八十多岁高龄，但身体都很健康，这是他最欣慰和幸福的事。那些年，他经历了太多的变故，也经历了太多的波折磨难，可他都咬牙挺过来，并让一切都好转起来。最艰难的时候，他也是告诉父母，一切都好，一切都不难。而且，他常怀愧疚之心，总是想着应该让父母过得更幸福一些。但是，有非常好的机会去外地发展的时候，他却拒绝了，他觉得，陪在父母身边，才是更值得也更应该的事。从他身上，我是真正理解了"低回愧人子，不敢叹风尘"的深意。

即使是现在，他也是每天都去陪伴一会儿父母，和他们说说话。虽然他不在父母面前"叹风尘"，可我明白，他的所有辛苦，父母是都知道的。我另一个朋友的老母亲曾对我们说过，说从她儿子的疲惫和白发里，就知道他在外面有太多的不如意。可是当儿子对她说一切都好时，她也不点破，装作浑然不知，只是满足地笑。其实，每个母亲都是如此，都知道孩子在外的艰辛，可是依然用我们需要的方式来抚慰着我们，和儿时一样。

所以，当我们回到家，所有的风尘风霜，都会消融在母亲的笑颜里。

# 方寸倾心

对于邮票的喜爱源于很久远的儿时，三四岁的样子，拿着姐姐的铅笔和不知从哪儿翻出的日记本，照着大镜子上的金字一笔一画地写，于是本子上爬满了大大小小歪歪扭扭的"万岁"等字。某一天，就在一个日记本里发现了许多张邮票。于是，那些小小的窗口，让幼年的我看到了一个奇妙的世界。

那些邮票就散落地夹在日记本里，是用过的，上面盖着邮戳，那时还不知道信销票的名称。那个长风流淌的夏日上午，小小的我看着小小的邮票，看了很久很久。如今早已不记得图案是什么，可那种初见的欣喜却一直不曾随成长与岁月消散。初识邮票，并不知它是做什么用的，或许只认为是小小的画片，却有着神奇的力量。多年以后回想，总觉得那些张邮票早已贴在了生命的最初，把我的心寄给了热爱。

上小学之后，对于邮票已经非常熟悉。由于和远方的亲戚都要用信来联络，邮票如小小的鸽子，载着一纸纸思念，在千家万户间飞来飞去。父亲写信时,让我去村里的小卖店买信封信花。父亲总是把邮票称为信花,也许这是他们那个年代的叫法,却有着那么美好的感觉。信花开,问候来,多美的期待与希望!每有信来,我都会小心地把邮票揭下,像当年的父亲般,把它们夹在一个日记本里。彼时,我曾经初识的、父亲收集的邮票,依然留存着,有时会在邮戳上残存的字迹中,辨认是来自哪个地方,心就会悠然飞远。

根本不知道有"集邮"一词,只是觉得把那些邮票收集起来,闲时翻看,图案不仅会让我入神,更是让我想起那些遥远处来的信,每一枚邮票,都带着情感的温度。直到初中后,家搬进县城,我转进县城中学,和城里的同学熟识之后,才知道集邮竟是当时一种很流行的行为,集邮者是一个庞大的群体。很多同学都在集邮,他们是真正的集邮,不要信销票,只要新票,每次邮政发行新票,他们都要去购买,而且还提前很久登记预约购买年册。这些对于我来说,都像天方夜谭。精美的集邮册也远不是我那个旧日记本所能比的,而且通过他们我知道了许多关于邮票的知识,什么老纪特、文票、编号邮票,还有新JT、盖销、信销等,真是闻所未闻。我集邮的热情也真正被点燃了,只是,家境困难,哪有钱去买邮票,所以只能在羡慕中依然默默收集那些信销票,虽然大多是普票,却凝结着我一点一滴的热情与热爱。

开始真正意义上的集邮,是很多年以后了。一开始只是在邮市闲逛,看热闹长见识,后来会偶尔买上一套。再后来会在网上买评级邮票,当然特别珍贵的是买不起的,对那些老精稀的品种,我只能望洋兴叹。其实那个时候,邮市已经跌入谷底,因为信件已经退出历史舞台，邮票也就失去了实际的作用。集邮的人越来越少，青年和少年基本不知集邮是怎么回事。中老年里，很多人最后把自己集了半生的邮票卖掉了，想来也是心灰意冷。曾经热闹的邮市，也变得冷清无比。过去集邮的那些同学，他们曾经的那些集邮册，也已不知尘封了多少年，或者早已失落于时光里。

我收集的邮票大多是和文化、文学有关的，还有山水花鸟这类，素来是我喜欢的方向。我知道自己不会把邮票卖掉的，因为那毕竟是一种情怀、一种热爱，所以也不关心价格的涨跌，闲时拿着放大镜和紫光灯逐一欣赏，心就会静下来。只可惜，父亲当年收集的那些邮票，也就是第一次走进我眼睛进入我生命中的那些邮票，终是在一次次搬家后，不知失落于何处。想来有着一种淡不去的痛与憾，无可凭之物，只余怀念之心。

多想将所有的邮票都贴在心上，把我寄回那个遥远的村庄、那段朴素的岁月。

# 心情字典

## 随

每当心里有了块垒，我就会抛下手头的事物，把脚步和心情都放逐出去。随风走过花蹊，让芬芳洇染九曲愁肠；随河走向远方，让水声濯尽满心琐碎。没有目的，就那么随心去走，追云逐日，傍花随柳，直到足音敲醒心底的希望。在小兴安岭深处的那些年，我曾写下两句：一念花开，一念云起，虽沧桑漫漶，却心生欢喜；悠悠紫陌，恋恋红尘，随无边风月，寄林泉此身。

"贪啸傲，任衰残，不妨随处一开颜"，喜欢陆游的那种豁达，于四时佳兴中，遣无尽清思。让心如月光般滟滟随波，可领略无数风景，红雨随心，随意春芳歇，在在处处，皆是最好的际遇。而生命中的梦与盼，依旧葱茏，暗随流水到天涯。

## 栖

在朋友家书房过夜，熄了灯，一时睡不着，四壁挂满他写的书法作品，氤氲的墨香却无法洗去心底的烦闷。蓦地，一缕月光从窗帘的缝隙挤进来，静静地落在墙上，恰好照亮了一个字——栖。我知道那幅字是一首唐诗，那一句是"中庭地白树栖鸦"，月光栖落在"栖"字上，宿命一般。我凝神于这个字，它本义是指鸟栖息，"木"是筑巢之树，"西"是方位，每天的黄昏，倦鸟归巢，在西下的夕阳中。它们追逐着也守着最后的阳光，然后在一个漫长的夜里酝酿明天的希望。

一直觉得自己的心像无枝可栖的倦鸟，此刻却忽然明白，原来我一直忽略着阳光，无论朝阳还是夕阳，所以照不亮前路。我也一直犹疑着自己的梦想，所以找不到那棵温暖的树。月光依然栖在"栖"字上，却点亮了我心底的幽暗。

## 早

在清晨的公园里散步，新鲜的阳光铺在新鲜的草地上，浅浅的风淹没了矮矮的草。人工湖护栏旁的空地上，七八岁的男孩儿面对着妈妈，妈妈大声说："早！"男孩儿紧盯着妈妈的嘴，也大声说："扫！"妈妈又说："早！"他的目光依然停留在妈妈的口型上，说："草！"我微笑地看着，心底流淌着清澈的温暖。每天早晨来这里，都能看见他们，男孩儿自幼失聪，妈妈日复一日锻炼着孩子读唇语的能力。

他们已成为我眼中心底的风景，总能让我于世事的纷繁劳碌中，有着片刻的清宁与长久的感动。我喜欢这样的早晨，当我转身没走多远，身后就追来了男孩儿干净而执着的声音："早！"

## 了

"流光容易把人抛，红了樱桃，绿了芭蕉。"我知道很多人把"了"读为"le"，意思就是樱桃红了、芭蕉绿了。其实，"了"应读作"liǎo"，是"结束"的意思。蒋捷的这首词在感叹时光飞逝，所以这两句的意思应是，樱桃已红完了，芭蕉也绿完了，说明时过如流，转眼就已春尽。

其实我对"了"字早在初读《红楼梦》时就已很钟情，因为那首《好了歌》，跛足道人说："可知世上万般，好便是了，了便是好；若不了，便不好；若要好，须是了。"越思之，越深奥。我知道极少有人会做到"了"，但也不一定事事皆了，和梦想有关的要明了，和欲望有关的要了断，世事了然于胸，方可在面对挫折或彷徨时，一笑了之。

## 趋

闲极无聊时，或心里烦闷时，我常拿起一本字典，随意翻一页，目光落到的那个字，会仔细去研读，渐渐就心气平和。这次我翻开，落入眼中的却是一个"趋"字，刹那间往事纷纷苏醒。儿时父亲常捧着一本《说文解字》教我识字,讲到"趋"字,他说:"读音是七逾切。意思是走也,从走,刍声。"

那时候我根本不太明白反切法注音,之所以记住这个字,是因为父亲当时给我讲了一个"趋庭"的典故。孔子在院子里站着,他儿子孔鲤趋而过庭。讲到这里,父亲还强调一下,趋就是小步快走,在长辈面前这样表示尊重。孔子问:"学诗乎?"孔鲤说:"未也。"孔子说:"不学诗,无以言。"于是孔鲤赶紧去学《诗经》。那时就知道了,趋庭,是指承受父教。

可光阴迅疾,父亲已故去十年,每次读到《滕王阁序》中那句"他日趋庭,叨陪鲤对",我都会眼中有泪。

# 第三章
# 风沉默成夜,雨沉默成海

沉默是一片厚重的土壤,生长着无言的眷恋。让微笑穿透漫漫风尘,沧桑也美;让热泪温暖寂寂命运,平凡也真。

# 各问年

陪母亲在附近小走,迎面过来一个老大娘,她和母亲互看了一眼,都愣住了,对视了好一会儿,同时叫出对方的名字,然后紧握住对方的手,那一刻,阳光在她们的白发和皱纹中流淌。母亲问:"你今年七十几了?"老大娘笑着说:"七十八了,你呢?我记得你比我小一两岁。"

两人都唏嘘不已。"那时咱们才十五六岁,在生产队干活儿,天天都累得没个样儿。""可不是嘛,一想那时候就像昨天的事,现在这一辈子都过去了。"母亲和老大娘站在街角、站在六月的风里,不停地说着,更多的是回忆遥远的岁月。一别五十年,想来她们的心里有太多的悲喜交集。

"乍见翻疑梦,相悲各问年",这是一种沧桑后重逢的心酸。

刚搬进那个村庄的时候,我们借住在三表舅家的西屋。我走出家门,接近左邻右舍的那些小孩儿,渐渐地和他们玩到一起。有一天,我们不知因为什么比起了谁的爷爷年龄最大,后来就互相问起彼此多大，除了那个最调皮的男孩儿，我们都是五岁。那个男孩儿很得意："我最大，我是你们的司令，你们都得听我的！"阳光飞舞，我们玩得忘了时间。

很久很久以后，在故乡的小城遇见曾经的那个男孩儿。当他犹疑着喊出我的名字时，也唤醒了太多沉睡的光阴。他问我："你今年多大？"我说："我记得你比我大一岁，你四十几？"说了年龄，才惊觉，原来已经四十年了，四十年啊，人世光阴迅捷如斯。都曾遇见不被预料的种种，都在生活中磕磕绊绊地走着。讲起遥远的童年，都不停地笑。阳光飞舞，我们聊得忘了沧桑。

大学刚报到的时候，分好的寝室里，我们八个顾不上收拾行李、整理床铺，而是互问年龄，同龄的还要问到具体生日月份，好进行排行。当老大到老八的座次排定，也代表着这份兄弟情谊正式启程。这次"各问年"的经历是与众不同的，因为一切都刚刚好，而且不管过去了多少年，再相逢，只要不忘记自己的年龄，就会记得他们的年龄。风霜过后的再见，也许会有悲意，却不会再有"各问年"的慨叹。

有一次和中学的一些同学小聚，也是多年不见，酒酣耳热之际，互相问起年龄。因为上学的时候，正青春飞扬，总觉得我们是同样大。而时光之后，把酒叙旧之际，见彼此鬓间白发，于是每个年龄数字都深蕴着岁月的厚重。忽然有个同学问，谁知道某某没的那年多大。沉默了一会儿，一个男生说："他和我同岁，那年三十三。"那个早逝的同学，他的年龄永远定格在三十三岁了，而我们这些中年人，下次相聚又会是何年何月呢？我们都正在走向人生的后半程，谁又知道谁的年龄会定格在哪个数字呢？

可是，确实是有人知道自己的年龄将定格在哪个数字的。去医院看望朋友的父亲，他的病情已经进入晚期，医生说，超不过两个月。不过老爷子的精神还不错，他也知道自己的病情，却依然开朗，还安慰着孩子们："人总有生老病死的，我活这么大岁数已经知足了，我比你们妈多享了多少年的福啊！"病房内新住进一个老者，也挺善谈。他问朋友的父亲："老哥今年多大年龄了？"朋友的父亲笑着说："八十四，也就八十四啦，到头了！老弟你多大岁数？"那老者也是哈哈一笑："七十五！也是到头了！不能再走出这个医院了！"

我在一旁听着，心里翻涌着沉重的感慨，两个明知道生命马上走到终点的老人，互问最后的年龄时，却都是洒脱地笑着。或许是无奈的豁达，或许是最后的看淡，不管怎样，他们的笑声，都是最后一程的年龄里最动人的风景。

所以，以后不管什么时候、什么场合，如果大家各自问起年龄，我都会笑着去应答。

# 旧书

　　我喜欢看旧书，旧书不仅有着时光的厚重，还留存着很多人的目光和指痕，更浸润着无数的心情。那些心情依然在字里行间沉睡，当我轻轻翻动书页，当我的目光一次次碰触，就会被唤醒。

　　有些旧书里，会写着许多心得，或者彼时的感受，或者刹那的感悟，以及一些零散的心情。也不知是哪一任主人所留，经常让我有意外的欣喜与收获。有一年回到老家，翻出一册我在乡下读小学时的三年级语文课本，一篇篇课文，那些写在空白处的名词解释，那些写在文末的中心思想，让我于恍惚间有种时光重叠的感觉。就那样检阅着自己的少年时代，隔着岁月的烟尘，清澈的回忆洗去心上的芜杂。没事的时候，我会翻看三四十年前的旧杂志，想起它们初来时的崭新，想起自己初看它们时的年少，恍然发现，原来，它们和我一样，在光阴的河里沧桑了。那些旧的名著，我也是经常看得神飞，虽然纸张没有现在好，虽然印刷技术没有现在高超，可每一个字都是一朵浪花，都曾在我年轻的生命之河里欢笑着流过。

旧课本是少年的知己,旧杂志是青年时的朋友,旧名著是一生的师长。与它们在一程又一程的遇见中,留下一段又一段的难忘过往。

所以我喜欢买旧书。那时小城的边缘有一家小小的旧书店,闲暇时我就把脚步和心情放逐到那里。穿行于那么多的旧书之间,仿佛行走在某个遥远的时代,窗外的嘈杂声被隐去,只有阳光飞舞。我买旧书除了那些刻意去寻的之外,其余皆看眼缘。比如某个书名触动了心灵,或者某个封面莫名地让我有着亲切感,或者某本书就在某个角落里沉默,偶然回头,就有了奇妙的相遇。这些书,我是毫不犹豫就买下来的,不去管内容如何。实际上,这些书的内容很少让我失望。有一次,我在那一堆旧杂志里随意翻拣,竟然在三十多年前的《中学时代》《六月》《辽宁青年》等杂志中,看到了自己的文章。那是我中学时投稿发表的,样刊早已遗失,喜悦来得猝不及防,窗口溜进来的那缕阳光都泛着涟漪。

买旧书是一场场的相遇,我在寻它们,它们也在等我。就像久别重逢,鲜活着久远的情节。

有时候,我喜欢修补一些绝版的旧书。修补旧书是一项很有技术性和技巧性的工作,而且极为麻烦,需要极大的耐心,否则不但会修不好,还会让旧书雪上加霜。比如去除页面上的污渍,需要垫上吸水纸,用毛笔蘸上肥皂水轻轻擦拭,再用清水洗去肥皂水的痕迹,最后用吸水纸两边夹上,用熨斗烙干。这还是最简单的一种修复,已然烦琐如此。修补旧书的过程,是一个安静恬然的过程,仿佛心思化作极细极柔的线,小心翼翼地补缀光阴的碎片。而当旧书在自己手中变了模样，会有一种欣慰，就像自己的心境也被修补了一遍，绵绵密密地静而美。

更多的旧书是不需要修补的，那是一种自然的状态，就像人的脸上会生皱纹，头上会生白发，是生命的另一种美。书也是有生命的，当它们消尽芳华，当它们出现皱纹，也是另一种美好的绽放。一本新书在时光里慢慢变旧，是多么动人的一个过程啊。

我更喜欢坐在透窗而入的阳光里，坐在静静的时光里，捧着一本新书看，看着看着，自己就老了，手中的书也老了，满架的书都老了。

# 美好的争吵

闲翻一本书，看到一个小小的情节，两个深山里的小孩儿因为火车到底有多长吵得不可开交。他们都没有出过山，没有见过火车，甚至没有看过电视，只是从大人们的只言片语里，有着各自的想象。我是多喜欢那样的争吵啊，其实都不知道真相是什么，但就迷恋着争吵本身。

二十年前，我回了一次老家的村庄，在村口的高坡上，两个六七岁的男孩儿正吵得热闹。走近一看，他俩正跟踪一只蚂蚁，还不忘争辩。一个说这只蚂蚁是回家，另一个说这只蚂蚁是出门找吃的。大朵大朵的阳光扑落下来，身畔的村庄里，我也曾度过我的童年，也曾有过那么多的伙伴，可如今都已星散各方。曾经最小的孩子也早已长大，一辈辈的人像一茬茬的庄稼，在这片土地上更迭着。

我站在六月的风里，脚下的高坡上，仿佛依然流淌着我们童年的笑语，还有争吵。曾和几个伙伴，去瓜地里偷摘了香瓜，就坐在这里吃，不管生熟。坡下是小小的水库，每一阵风都在水面留下生动的足迹。我们边啃瓜边看天上的朵朵白云，讨论着哪一朵像什么，一时纷纷乱乱，你说像狗，我偏说像猪，他说像马，你又说像牛。说着说着就吵起来，而再抬头看时，那朵云早已走远了，瓜也啃完了，我们站起身拍拍屁股，又立刻去寻找别的乐趣了，仿佛从没面红耳赤地吵过。也许只有路过的风记得，只有沉默的高坡记得。

在家里，和姐姐们也是经常争吵的，都是些极小的事。每年春天，母亲在南园里开垄准备种菜的时候，我和姐姐们都会紧盯着母亲刚刚种下的那几垄西红柿，然后各认领一个，我们用小石子来标记自己那一棵的位置。然后就开始争吵，都说着自己的会先发芽，我自是不能落后，觉得自己选的位置阳光充足，必然会先出土，于是一通急赤白脸地吵闹。我的那棵并没有先发芽，可我并不服，说，先发芽的不一定先开花。然后我的那棵也没有先开花。先开花的不一定先结果，在气势上绝对不能输。可惜我的那棵也没有先结果，可这又算什么呢？先结果的并不一定先熟！

每一次我梗着脖子吵，没人时也会抱怨那棵西红柿，但更多的是商量和鼓励。结果，它不给我面子，并没有先成熟，可我依然嘴硬地吵，吵着吵着，趁姐姐们不注意，飞快地摘下那枚红红的西红柿，跟着一只蜜蜂迅疾地越墙而逃。姐姐们也不恼，她们的笑声追赶着我。

站在熟悉的大地上，往事点点如星，我笑湿了眼睛。

去年又回了一次故乡，此时的村庄，已是面目全非。高坡仍在，只有阳光和风一遍遍徜徉。村人极少，都搬进了城里，无鸡犬之声盈耳，只有空旷的静，我的回忆无枝可栖。故园早就换了一家又一家，如今似乎空起来了，隔墙张望，仿佛依然能看到南园中几个小小的身影，依然能听到激烈的争吵声。

我想和自己争吵一番，可哽咽得说不出一个字。我转身疾走，竟不敢回头眷恋。

可是往事还在那里生生不息，它们寂寞着也葱茏着，沉默着也喧闹着，流逝着也永恒着，如斑驳的花影，如一地的月光，只等我的心来拾取。

# 秋来相顾

　　秋天是从爷爷一声满足的叹息开始的。他坐在村口的高处，衔着长长的烟袋，目光和阳光一起轻抚过大地上那些快要成熟到极致的庄稼。他脸上的沟沟壑壑里盛满了欣慰，西风奔跑过大片的黄豆地，密集的铃声此起彼伏。爷爷会坐上许久，直到烟袋上的火光点亮西天边的一颗星。

　　檐下的燕子出去的时候少了，路旁长长的电线上，它们经常整齐地站着，叽叽喳喳，像是在开会。我知道，它们过不了多久就要走了，走得很自然，自然得我从没注意过它们是哪一天离开的。我经常看着它们今年最后的身姿，当檐下寥落之时，我又会长久地凝望那一个个空了的巢。那时我觉得，燕子走了，秋天就住进了它们的巢。

　　村西那片小小的杨树林里，叶落如雨。我倚在一棵树上，落叶的轨迹切割着我的视线，渐渐疏朗的枝丫也切割着高远的蓝天。伸出手，一枚叶子落进掌心，我细细地看着它，枯瘦的叶片上脉络分明，总是让我想起老人的手，粗糙中透着温柔。我数着那些粗细长短的脉络，每一条都通向秋天的深处。

　　我也会蹲在小河边上，层层的水纹一遍遍濯洗着目光。有时我会看着水畔一丛依然碧绿的茂草发呆，不远处的草地已经开始枯黄，它却依然固执地留住夏天最后的一抹葱茏。也许是水畔潮湿，它才能坚守更久。我在遥远未来的某一天想到它，忽然明白，人也一样，也许身处泥泞中，能更长久地坚守一颗希望葱茏的心。往北走一小段路，前面是大片的蒲公英，西风掠过，小伞在阳光下悠悠荡荡，我看得悠然神飞。它们是年轻的启程，也是白了头的梦想。

　　每到下午接近黄昏的时候，我坐在家门前的短墙上，伴着墙头上已经枯萎的扫帚梅。而墙根处的那株土豆花正努力地开着，依然在风里精神百倍。一声啼鸣垂落在耳侧，抬头，一行大雁正从西边的高天上飞过。我仰望着它们，多希望它们也能俯瞰到小小村庄里小小的我，并想象着，它们眼中的大地万物会是什么样子，想象着云路迢迢里，它们会遇到怎样的风和阳光。那时的秋天，经常看到雁阵，可是搬离村庄后的许多年里，竟是再没见过它们的身影，它们只在我的记忆里，写下一行行永不磨灭的诗。

　　那群倏栖倏飞的麻雀，羽翼渐渐丰满起来，它们在村后的大场院里，寻找到一年中最幸福的时光。场院是村庄的海，成熟的谷子、麦子一大垛一大垛地堆在那里，角落里沉默的碌碡蓄势待发，等着碾压那些幸福的情节。我们总是爬上高高的谷垛，躺在上面，身下身畔都是动人的清香。大人们的笑声，马车的喧嚣，小孩儿们的呼喊，是这片海里最欢乐的浪花。

秋天的夜清澈而悠长,秋夜的月清朗得可以通透身心。我喜欢站在院子里看月亮,禽畜们多已酣眠,只有花狗卧在阴影里,眼睛如幽幽的星。还有不知哪个角落里的蛐蛐儿,细长的叫声如波浪线般起伏着一种深深的静谧与浅浅的伤感。月亮怜我,唤出我的影子来与我相伴。当时也曾想过,或许长大后的某个秋夜,我在遥远的地方,看同样圆的一轮月,会不会想起此时此夜。

多年以后,我在遥远的地方,在月亮底下,真的想起那年那夜月光下的小小少年。彼时,乡愁遥远;而中年的今夜,乡愁如海。

# 长风如醉

我看出那阵风是醉了,因为它跌跌撞撞飞得很低,它在谷子地里蹚过的痕迹很杂乱,忽左忽右,忽深忽浅,然后斜斜地钻出来,撞了我一下,又往西边去了。我放腿去追它,虽然看不见,可它裹挟着的一片谷子叶暴露了行踪。我跑得飞快,有几次差点抓住了它的尾巴。跑到河边,它一头就扎了进去,那片谷子叶在水面顺流而下,它却没了踪影,不知是藏进了浪花里还是涉水而过。

经历了这次之后,我发现很多的风都是醉的,我为自己的发现兴奋不已。从此小小的我开始留神每一缕路过的风,并与之嬉戏。醉了的风是有着很多特点的,它们会把屋后那几丛扫帚梅来回摇晃,会突然闯进屋里又东倒西歪地穿窗而去,会捡拾起院子里的鸡毛玩得不亦乐乎,会胡乱地翻起窗台上的那本书。或许是因为饮多了阳光,或许是因为饮饱了果蔬或花草的气息,所以正常的风也常有着微醺的状态。

如果看见小小的旋风，就知道它醉得不轻。那时候的我们对旋风一直是比较讨厌和惧怕的，见之就跑，避之不及就往里面吐唾沫，还喊着"旋风旋风你是鬼，十把镰刀砍你腿"。可我发现旋风是醉了的秘密之后，就不再怕它，追着它跑，有时它明明就要跌倒了，却又神奇地站直。我不停地把一些草枝草叶扔向它，它就带着那些枝叶和尘土飘忽不定地远去。

有一天午饭时，父亲喝酒，一阵长长的风从窗子扑进来，我看到酒杯里的酒轻轻荡漾了一下，就大喊："风偷喝酒了！"也更确定，那些醉得厉害的风，肯定是在哪里偷偷喝了酒。而且明白了，为什么感觉村中小酒坊那里风特别多也特别大。

醉了的风会带着浓浓的让万物也醉了的气息，看村庄的缕缕炊烟都醉倒在风里，看小溪的流水在风里醉得欢唱，甚至那些随风而起的纸片也醉得起舞。有时候我在风里奔跑，也会觉得有些醉了。为了寻找醉了的风，我还特意做了一面小小的旗子，挂在竹竿上，想看看醉风会怎样把旗子乱撞乱摇，想看看旗子会不会也因风而醉。可是举着红旗出去，似乎所有的风都躲了起来，我一奔跑，它们就纷纷冒出来，拉扯着我的头发和旗子。

我就这样在醉了的风里奔跑、成长，成长到某一天，我们就搬家了。离开的那天，我看见许多醉了的风在院子里拥挤着，像我流连的心。走出院门的时候，那些风还扑上来拉我的衣襟。坐在卡车后面的车板上，坐在杂物中间，疾驰之间，那些风追不上了。于是村庄渐行渐远，很多风迎面直直而来，擦着我的身子飞过去。我知道这些风没有醉，只有我的村庄的那些风才是醉的，而且后劲特别大，甚至我一想起，心都会醉了。那个上午，坐在后车板上，坐在异乡清醒的风里，我却沉默不语。

　　时光的风悠悠吹过，带走了太多留恋的过往。许多年以后的一个夏天，我登上了小兴安岭深处的一座高山，浩浩荡荡的风从南边奔涌而来，南边，是故乡的方向。在风中，我的眼睛濡湿了。离开故乡的村庄以后，我再没见过醉了的风。此刻，南风吹泪，我不是因风而醉，而是醉在遥远的乡愁里。

# 同　孤

　　走在零点以后的小街上，雪正漫天飘落，一步一步走在积雪上，咯吱的足音在静夜里越发孤寂。回头看，那串足迹在路灯下那样清晰，可是却又如此迷茫。仿佛城市里只剩下我一个醒着的人，世界和冬天一样巨大，我却只有一个遥远的目标，虽然会迷茫，却是我唯一的方向。

　　那是我每隔三天就要重复一次的夜路，倒班的日子在冬天最为难熬。当际遇与季节在同样的寒冷处重叠，心中没有熄灭的那点火，就是我真正的热爱。所以那几年，特别是上后夜班的时候，当别人都偷偷睡着了，我拿出纸笔开始写文章，一直写到天光亮起。晴好的日子，我会走出控制室的北角门，站在室外的小平台上，向东看，看孤独的太阳挤出群山，可我孤独的心何时才能挤出这种生活呢？所以我只能去写，虽然看不到前路，但是每写一个字，心就会宁静一分，也许就是向着热爱靠近一步。

　　所以没班的时候，我夜里也是写到很晚，写不出的时候就看书。一灯，一书，或者是一支笔、一个本子，一人，就构成了只属于我的夜，仿佛那是我世界的全部。照亮前路，一盏灯就够了；想看世界，一本书就够了；接近梦想，一支笔就够了；打破桎梏，一颗心就够了。有时候檐下会挂着一轮月，静静凝望着我。多年以后我特别想念那盏台灯，那束孤独的光曾那样温暖我的疲惫；也想念那支笔，特别是告别了手写年代之后，那支笔一直保存着，它身上依然有我的指痕和梦想的温度；更想念那颗心，如曾经的檐下月，虽孤寂却蓬蓬勃勃，那是一种深沉的清澈，没有繁杂的欲望，只有简单的憧憬。它们都曾陪伴我，像梦想一样不离不弃，孤独与孤独碰撞出让我眷恋的生动。

　　白天没班的时候，也是坐在桌前，或疾书，或神飞。窗外有一棵孤零零的树，枝丫间缠着来往的风，叶片上载着阳光，偶尔会有一只鸟飞来，在上面短暂地憩息啼鸣。有时我也会放下书和笔，走进群岭深处，在某个山坡上，倚在某棵树下，听风声，听不远处的泉声，听高高低低的鸟鸣。树不能走，鸟自飞来。想着，如果我心里的希望也如树般葱茏，那么，梦想的鸟自然会美丽地飞临。沉默的山，多像厚重的生命，无言着太多的昭示。我曾写过两句诗："永日同行山作友，长年相望树为师。"山与树，是我的师友，伴我走出漫长的暗淡。

　　走出小兴安岭，回到松花江畔，回到呼兰河边，辗转二十年，曾经无悔追逐的那个梦也已身处其中。回望那些时间和空间，跋涉过重山叠水，才明白，真的是只要心在高处，就没什么能挡住执着的脚步。想起刚入高中时，我们一些男生天天练习一首歌，不久后在全校新生联欢会上演唱，歌的名字是《就让世界多一颗心》,现在只记得两句:"寂寞的鸵鸟总是一个人奔跑,孤独的飞鹰总是越冷越高……"当年深深打动我的也是这两句,只是当时年少的我没有想到,后来我会用二十多年的时间去寂寞奔跑,跑过生命的迷雾;去孤独飞翔,飞越坎坷的牢笼。

或许真的是这样,与自己相伴,才会走得更远。

# 卧后清宵

## 1

　　睡前有着短暂的头脑清明，仿佛刹那间心就与夜色融为一体。没有拉上窗帘，远天边有一簇淡淡的云，托着一片半圆的月。想象着一缕无痕的风，怎样轻摇墙角那株已睡了的扫帚梅，而斜斜的月光又怎样把它的影子生动地印在古老的墙上。那墙上应该还有我曾经的指痕，就像院子的每一处，都有我淡淡的足迹在月光下默默地生动。

　　恍惚间心就用力地跳了一下，时光似乎重叠了，我的思绪与游荡的童年心情处处相逢，在风里，在月光中。此刻心上的尘埃被如水的风和月色洗尽，那么多的庆幸，此刻只庆幸故园的老宅还在，让我能遇见儿时的风月与梦。

## 2

躺在简易的窝棚里,身下是柔软的干草,目光从窄窄的缝隙间溜出去,就遇见了静夜里怡人的辽阔。我一直认为这样的夜是静的,虽然盈耳的蛙鸣如潮起伏,可正是蛙声的潮洗去了太多的芜杂,才觉得那份静谧如大草甸、如秋夜那样无边无际。我在蛙声里依然可以听见西风踩踏过草叶的声音,可以听见秋虫在某个角落里细细地长吟,可以听见不远处松花江的涛声。

多喜欢和大人们在草甸上打草,多喜欢蜷缩在巨大夜晚的小小角落里,听一切美好悄悄地发生。大草甸种下了我太多的足音与心情,葱茏着遥远的光阴。四十年的沧桑抹去了大地上的那个梦,故乡面目全非,大草甸也像一滴水消失于无形中。可酷似从前的夜晚,依然接纳着我无依的思念。

## 3

那个夜晚是寒冷的,即使早早钻进了被窝,也挡不住无孔不入的寒意。我们住在这个没有取暖设备的简易宿舍里,虽然寒意侵骨,却兴致高涨,热烈地交流,仿佛这个寒夜是所有美好的起点。我们满怀憧憬,相信大好年华在这个初建的厂子一定会绽放出最美的事业,相信所有的梦都在不远处等着我们期待的心。有那么一会儿,每个人都住了声,只听见外面大簇大簇的雪花扑落在窗玻璃上的声音,我们在这种很静的声音里沉沉睡去。

我却做了一个与之前梦想不同的噩梦,醒来的时候,窗外一片亮光,雪已停了,一轮冷冷的月正照着遍地积雪。后来,我们大多离开了那里,那个夜里的畅想并没有实现,反而遇到了种种的丑陋和不甘。可多年后,我还是觉得那个夜晚是一个美好的起点,毕竟放飞了那么多的希冀。而且,噩梦醒来能遇见一轮月,本就是一种幸运和美。

## 4

细细密密的雨丝是从黑暗中生长出来的,它们不是洒落而下,更像是一根根极细的看不见的线默默地连接着大地。我听不到它们,却能感知它们的存在。走廊里的灯光从门口流淌进来,斜斜地淌过一条清晰的轨迹。我静静地等待,过了一会儿,果然,那只老鼠如约而至。它应该是从床底钻出来的,沿着灯光的河游到门口,然后消失在走廊里。

我侧卧在床上,感觉窗外的雨丝更细密了一些。目光在那条细细的光河里漫溯,虽然处境如雨夜看不清任何前景,可我总能于一些细微之处去寻到一种点滴的慰藉,如这暗夜的雨,如那只孤独的老鼠。我睁着眼睛,想必那条细细的河也会映亮我的眸子吧!半小时左右,老鼠的身影再度出现,归来的它从容了许多,不再那么匆匆,它慢慢地在那条光河中行走,有某个刹那,它似乎抬头和我对视了一眼。

快到尽头的时候,它悠然转身,涉过光河没入了床下。轻微的窸窣之后,便寂无声息,而我也闭上眼,在听不见的风雨中睡去。

# 雨后的雨

外面的雨停了,屋里的雨还在下。

西邻废弃的老房子,是我幽隐的乐园,我经常和风偷偷溜进去,喜欢看悬垂的蛛网,喜欢看四壁的斑驳,喜欢看细细的尘飞舞成古老的味道。雨后我是必去的,因为屋里的雨会下很久。屋里的雨东一簇、西一簇,有大有小,真不知破败的苫房草里藏了多少雨,才能这样下个不停。我听着周围不同节奏的滴水声,心绪也随之起起落落。外面已经阳光盛开,屋里却幽暗中下着雨,我总是站在阴与晴的边缘,聆听阳光和雨缠绵成的天籁,生动着太多年少的心情。

可是一夜大雨之后,西邻的老房子轰然坍塌,于是那些只有我知道的雨失去了故乡,那些只有雨知道的心事无枝可依。每场雨后,我都站在那片被阳光洒满的废墟上,心空落落的若有所失。

雨住云收,草檐下还在下着整齐的雨。

天空、草甸已被洗得干净明阔,阳光也被雨后的风洗得明净新鲜，只有屋檐上的房草还意犹未尽，不停地酝酿着一颗颗雨珠，不停地渗出、滚落，于是一挂珠帘就在阳光和风里闪亮亮地招摇。隔着雨的帘幕，看东南方向的一带山影青碧成憧憬，看村南大草甸上那些池塘丰腴成明晃晃的等待，看乡人们又扛起锄头走向大地上的期盼，心底就丛生着一种朴素的热爱。

我经常会用一个葫芦来偷取檐下之雨，过些日子打开看，却早没了曾经的灵动，只余沉默中的蕴敛。就像许多的过往，总在多年后的回望中沉默成遥远的眷恋。

雨停后，树会下雨。

树下雨得借助外力，比如淘气的风。只是风并不大的时候，林中那一片雨就稀少很多。雨后，我们会欢呼着奔跑进村西那片年轻的杨树林，然后踹树，树就突然下起雨。此时树的雨很大很迅疾，没来得及跑开的人就会被淋湿全身，于是和雨一样清澈的笑声就在林中流淌。有的小孩儿撵不上我们，就只好转身找另一棵树，一脚踹上去，雨下来了也不躲，把自己淋了一头一身，还笑个不停。

有时候我们在野地里疯玩，累了在树下纳凉，就盼着忽然来场雨多好，可是天空比河水都干净。在树上踹一脚，只震下来一片叶子，惊飞两只鸟。那么多的光阴流走了，我依然倚在回忆的树上，等一场过去的雨。

我曾在一场雨后，看到了另一场特别的雨。

邻家园中一棵很大的杏树，千万朵白中透粉的花爬满了枝枝丫丫，也缠绕着我们渴望的目光。一场不大不小、不长不短的雨过去，地上就铺了一层细碎的花瓣，而枝上花也稀疏了一些。正仰头看着，一阵那么长的东南风浩浩荡荡地飞过来，树上的花和花上的雨珠就成群地落下来。它们并不如何轻盈，花瓣和雨珠纠缠着把我淹没了。花雨很快停了，空气中还留着淡淡的香痕，衣襟上也留着淡淡的雨痕。

那个下午，我就站在杏树下，等着一阵又一阵的风，经历一场又一场的花雨。有花有雨，才是真正的花雨吧！直到再无花和雨落下，我才离开树下。杏树的枝丫上很快就会长出叶子了，不久之后，就会结出甜美的果实。而我的这份依恋、这份喜欢，不久之后，也该会结出美好的回忆吧！

那是故乡最后一场雨，之后，我的眼睛也下了一场雨。

那个五月的第一天，一场雨和一场离别都来得那么突然。我家要从这个我爱着的村庄搬走了，搬进县城。东西都已经装在车上了，就等着雨停。可我希望这场雨永远不停，我就永远不会离开。雨还是停了，我最后看了一眼草檐，它在雨后继续下雨，出院门，不敢回头眷恋。坐在敞开的车后厢上，当车驶离村庄，我的眼睛里开始下雨，那是一场只我自知的雨，一滴滴被风送落在故乡的土路上。

那场眼睛里下的雨，从故乡一直下到异乡。从此开启了一程又一程的陌生，我心里的那场思乡雨一直都没有停过。

离开故乡后那么多的岁月里，见过太多雨后的雨，却再没有一滴能落进我的心里。

# 在风里栽种心情

小时候我固执地认为,风里有许多神奇的看不见的种子。特别是下雪的时候,我会雀跃着跟姐姐们说,看,看,开花了吧?我会站在风雪中痴痴地望、痴痴地想,是怎样的一颗颗种子被种进了风里,才会开出这么神奇的花。我还断定,天上的云也是风里的种子长成的,而落下的雨,是云叶上的露。

起初我觉得,大地上生长的一切,都是风里的种子落下后的结果。可是看到春天母亲在菜园里播下各种菜籽,看到人们在田地里播种,就改变了想法。那些人为播种的,不是风里的种子,那些自己长出来的,才是风的功劳。后来姐姐们告诉我,野地上的草有草籽,花有花籽,它们都是有种子的,秋天的时候种子成熟落进泥土里,明年就会继续生长了。那阵子我天天流连在野外,想找出一些不开花或者不结籽的植物,却那么难。不死心地继续寻找,后来终于发现,苔藓是没有种子的,蘑菇是没有种子的,水藻也没有种子。于是兴奋,更坚信风里种着无数的种子。

上学以后，渐渐懂得了很多东西，幻想的面纱被一层层剥去。自然课的老师还特意讲了雪是怎么形成的，说什么空气中悬浮着许多小小尘埃或者别的小小颗粒，在温度低到一定程度时，水蒸气会附着在上面，从而变成雪花飘落。等等！那些小小尘埃就是种子嘛，还有别的小小颗粒，那更是种子无疑了！我为自己的发现欣喜不已，虽然说出来，别人都笑我傻，可我却反而笑他们傻，反正不管谁傻，我有着自己的乐趣，就有着自己的美好世界，这是多快乐的事！

夏天的时候，看到随风飘飞的蒲公英，我会长久地出神。这是风中看得见的种子，虽然它们不在风里扎根生长，却需要风把它们送走。就像我的思绪，也被风载着自由地飞，那是风中看不见的种子，我相信它们也会在风里生根，只是不知道会长出些什么来。或许长出来的，也是看不见的，只有我能感觉到它们的美。

后来就长大了，在来来往往的风里。长大的我，心里拥挤着太多的事和烦恼，飘雪落雨，已不能牵引我的目光和心情。有一次，看见一个四五岁的小孩儿在风里奔跑，我告诉他，这风里有很多种子呢，比如冬天下雪，雪花就是那些种子开出的花！而小孩儿很轻蔑地笑了一下："骗谁呢？我们幼儿园老师早就讲过，下雪是自然现象，那是……"那一刻，我看到一把叫知识的利剑从眼前闪着寒光划过，斩断了那个孩子所有的想象力。似乎，这世间，只有那么一个傻傻的小孩儿，在多年前，在风里，傻傻地想。

可是我知道，终有一把剑是躲不过的。就像此刻的我，被生活的剑斩断了所有的憧憬。我遗忘了那些风，那些美妙的种子，同样，它们也把我抛弃了。

原来,曾经的风里只有栽种进我的那些心情,才会生长出许多的美妙。长大了,没有了清澈的心情,风只是平常的风,再不会给我带来种种惊喜的神奇。

# 自在啼

天刚蒙蒙亮的时候,公鸡已经跃上了墙头,扯着脖子打鸣,一声接一声,村庄里的公鸡们此起彼伏地呼应着,直到唤出一轮红日。我仔细观察着家里这只公鸡,它打鸣的时候精神抖擞,顾盼自雄间颇有睥睨天下的气势。而下了蛋的母鸡也会飞上墙头,也会欢叫,只是它叫得连贯且响亮,兴奋与自豪写满了得意的身姿。

多好的人间啊,只是一声公鸡的啼鸣打破了旧梦。此刻不是清晨,也不在故乡的村庄,眼前是一个大铁笼子,里面蜷缩着一群待卖待宰的公鸡。只有一只,毫不知自己的处境般,在正午的阳光下引吭而鸣,它的鸣叫响彻小小的菜市场。旁边的铁笼子里,是一群母鸡,它们比那些公鸡状态更差,蹲在那里痴痴呆呆,哪有生了蛋后的神采飞扬?

不知是怎样的一种心情,总之让我的脚步很沉重。想起儿时,在村里村外疯跑,一群野孩子从不知忧愁为何物。可如今呢?曾经的那些野孩子，还有谁会在大地上恣意奔跑？还有谁会无忧无虑地高声欢呼？还有谁会没心没肺地又哭又笑？长大后，大家都被桎梏在生活的笼子里，更多的时候是萎靡、麻木，麻木中一日赶着一日，一天抄袭一天，曾经那些清澈的心情都渐渐被消磨殆尽。就像笼子里那些鸡一样，无奈无望地等着时光的屠刀。

那只公鸡依然不知疲倦地打鸣，声声刺耳。我逃也似的离开小市场，走进一个林木葱茏的公园，走向那片幽深的林子。一阵阵鸟鸣声从林子里流淌出来，清脆悦耳，洗去了心间的那丝沉重。踩着一地斑驳的光影，向着鸟鸣处慢慢靠近。近了，心也沉了下去。那些低低的树枝上，挂着样式各异的鸟笼，各式各样的鸟在笼中竞赛般啼叫。而那些老大爷则在不远处听着，看着，品评着谁的鸟更好，时不时爆发出欢然的笑声。

我想转身离开，可脚却被鸟鸣拴在了地上。之前觉得悦耳的叫声，此刻却那么空洞。我细看那些笼中鸟，个个那么漂亮，多彩的羽衣衬托得它们更为精神。它们没有一个抬头去看树、看天，只是互相看着彼此，比着谁叫得更好听。笼子都很华美，里面的食物也丰富，它们尽显雍容之态。我想努力从它们的眼神中看出一丝落寞或渴望，却什么都没有。也许它们从一出蛋壳就已经生活在笼子里，它们觉得笼子就是世界就是天空。不知它们的翅膀还能不能带它们飞向高远，如果可以飞出去，它们就会知道：笼子再大也不是天空，饮食再无忧也不是自由。

想想儿时村南的大草甸里和南大坝上的树林间，那么多的鸟翻飞啼鸣。在风的海里，鸟鸣声就是最美的朵朵浪花。现在回味故乡的鸟鸣，再听着眼前的，深刻地理解了那两句诗："始知锁向金笼听，不及林间自在啼。"那时的我们喜欢听那些鸟叫，也偶尔用弹弓打它们，可是从没想过抓一只回去放到笼子里，让它叫给我们听。

似乎心想事成一般，某个笼子的门被一只鸟不知怎么弄开了，老人们也发现了，可是都不着急，依然悠闲地看热闹。我紧盯着那只鸟，盼着它赶紧一飞冲天，世界就在眼前。可它犹犹疑疑、探头探脑，有几次身子都几乎出来了，可最终又缩了回去。我的希望一点点消散，悲哀一点点漫上来。那鸟的主人，一个很高大的老大爷笑着说，就算它飞出去，也会自己回来，就算你赶它，它都不会走。

我转身疾走，可我走得再快，能走出困囿我的笼子吗？身后的鸟鸣快速地追上我，依然那么清脆悦耳，如果不是看到它们，任谁都会以为，那是一群快乐而自由的鸟。

# 字字倾情


## 经

认识《诗经》是小学一年级的时候，从那句"靡不有初，鲜克有终"开始。那是叔叔日记本上写的，虽然有的字都不认识，更不懂什么意思，却像有着某种奇妙的力量，让我的目光和心离不开这八个字。后来听到老师也念这两句，就请教，才知道是出自《诗经》，才明白是什么意思。

从此《诗经》就成了我心里一个美好的符号，虽然没看过，但心早已飞了出去，与那本书在某处相遇流连。直到搬进县城，才在新华书店里看到它。目光与封面相遇的瞬间，仿佛相约千年终相见。可两块多钱的定价，生生扯断了我的目光。后来听说班上有个同学家里有，虽然我是新转来的，和他们并不熟，却依然鼓起勇气去借。书并不厚，没有注释和翻译，可这并不妨碍我阅读的热情,只看了十几页,就心神俱醉,决定抄写。三万多字,用了一周的空闲时间才抄完,写满了两个大日记本。而且发现,原来那么多耳熟能详的成语,都是出自《诗经》。

虽然那时候书里很多字不认得,不知道许多字和现在发音不同,意思更是一知半解甚至完全不解,却看得那么入迷,抄得那么专注。现在,各种版本、各种注释解读的《诗经》我拥有了很多,闲来一遍遍重温,一遍遍徜徉在那个遥远而美好的世界。

《诗经》是我的一个开始,后来又读《易经》等多种,无不源于《诗经》的引领。经之一部,有人说是春,对于我来说,《诗经》就是春的第一缕东风,所有的美好从此萌发。

## 史

从小就特别喜欢历史,可能是受收音机里播放的《三国演义》影响。上学后,学历史,更是为时光长河中那些生生灭灭的浪花而神往。课本中的历史后来已经不能满足我,我系统而完整地读的第一本史书并不是《史记》,而是《资治通鉴》。那是因为当时家里只有这套书,是父亲的,厚厚六本,三百多万字,现在想来,都不知道当初是怎样的心情支撑着我啃下来的。

然后才是看《史记》,我喜欢《史记》,因为它并不是冷冰冰的,而是带着作者强烈的个人色彩和个人感受,常常看得我心潮澎湃。后来各种史书就看得很多了,包括一些野史,同样看得如醉如痴。读史明智,其实我并不追求从历史的兴衰中来获得智慧和洞察力,畅游历史长河,于朵朵浪花中撷取一种感慨、一种感悟,从而让内心多一分宁静、多一分悠然，就足够了。

《四库全书》中，史之一部是夏，在火热中沸腾着五千年的激情。

## 子

遇见《老子》让我深邃，遇见《庄子》让我豁达。道家学说早早地进入我的生命，是一个静而美的开始。从而也让我对那个百花齐放的美好时代心向往之，那是一个文学与文化的盛世，那份繁荣，两千年后依然葱茏着我们的心灵。

以道家为始，我先后仔细读了诸子的理论，儒家、墨家、法家、兵家、纵横家等典籍更是反复读了多遍，不同的思想从不同的角度给我启迪。豁然开朗之余，有一种大愉悦、大欢喜、大自在，感觉生命都有了美好的升华。我仿佛看见，一个个飘逸的身影，一张张智慧的容颜，或出尘、或沉思、或睿智、或悲悯，那么多的目光，隔着两千年的光阴，凝望着遥远的后世。

子之一部是秋，那么多的思想在灿烂中成熟收获。

## 集

一部《玉台新咏》，让我了解了汉魏至南朝梁的诗，朴素中透着美好，叙事中深蕴情感，闲淡中浸润哲理，慷慨中飞扬豪情。而《乐府诗集》却让我体会到了诗的另一种美，那些诗有着蓬勃的生命力，有着直入心灵的美与力量。

完整而系统地读《楚辞》则是后来的事，它让我走进了一个绚丽多姿而又奇诡变幻的世界，不忍释卷，读到红日西沉，再读到星月满天。其实，我最喜欢且经常拿出来翻看的，就是《世说新语》。一个个鲜活而个性分明的人物，从字里行间缓缓走出，演尽魏晋风流。那个宽袍大袖、口吐莲花的时代，是太多人理想的精神家园。

　　集之一部是冬，有着冷静的思索与深沉的酝酿，缓缓进入一个长长的美梦里，梦的出口，是一个崭新的人世间。

## 风沉默成夜,雨沉默成海

### 1

也许每一种成长,都伴着伤痕或破碎。那是最后一抹微笑,让所有的坚硬与冷漠柔软。在最后的贫瘠与荒凉里,看你绽放与繁盛。

那些希望总是从黑暗寒冷深处而来,穿透冰雪,也穿透了季节,只为点亮你的眼睛。在光阴的缝隙里,它就是天空。

### 2

总有美好不会弃你而去,当走到无路就是飞翔,当爱到心碎就是绽放。不管怎样的际遇里,愿你记得,每一朵笑里的霞光,每一滴泪里的海。

西边来的风，东边来的月，无边的风月送走了许多遥远的黄昏。你前行的身影像时光那么长，被霞光染红的梦，一生都不会醒。

## 3

更多的时候，我们都是背着疲惫的山，行走在热爱的路上。梦想的召唤都成风中的呢喃，想捡拾起，只抓住满手满心的凄凉。

丰腴的月点亮多少消瘦的目光，目光曾多少次跌落进废墟，只在这一刻，遇见了坚持的理由。

## 4

路是身后足迹的重叠，也是目光向远方飞舞成的印痕，更是心情流淌过的河床。多少心情在细细密密的时光里迷失或沉睡，一阵穿过岁月的风，却唤醒层层叠叠的笑意。

岁月的风如粗糙的手，抹平了谁心里的块垒，在谁的心上磨起了老茧，又把谁的心抚得柔嫩如初？

## 5

被夜唤醒的影子，在月光的足音里起舞，我看见那些走失的心情，依然在未知的路上无悔地徜徉。也许，走过那条悲伤的路，再穿过那扇绝望的门，就能亲近梦中的琴声与城堡。

那些时光总是在回望中茂盛,那些路总是在走过后多情。我们从岁月深处跋山涉水而来,也许只为了这一刻的微笑。

## 6

心里住着秋天的人,有着灿烂的收获,也有着只属于自己的苍凉。心里住着春天的人,有着生生不息的希望,也有着冬的余绪。

生命也许就是在这样的轮回对比中而棱角分明,却又魅力无限。

## 7

某些时刻,眼中的一滴水浩若遥远的海洋,鞋里的一粒沙险于阻路的山峰。蓬勃的光阴里,我们一路走一路拾,拾一滴水一粒沙,装点荒芜的心情。

于泪滴溅起的尘埃里,寻一种心情;于叹息唤醒的长风中,觅一缕芬芳。很多时候,所谓的幸福就是如此。

## 8

时光是一张柔软的犁,却耕破许多境遇的黑暗与世事的坚硬。给每一朵阳光印上眷恋,斑驳的墙上画满了夏天的眼睛,每声心跳都是一个故事。

有多少巨大的包容，让我们虽然走得磕磕绊绊却步步生根。目光中融入感恩，就能看到更美的风景。

## 9

在夜的臂弯里，在灯光的褶皱里，谁的名字生出了翅膀，顺着目光的隧道，又飞进谁的梦里。

月沉海底、星落天涯的残夜，记起那一回眸的芳华，掬一抔清澈的笑，洗去黑暗的墨痕。

## 10

把懦弱当美德和把冲动当勇敢一样，都是一种卑微的可怜。

怎样走路，走怎样的路，才会让足音成为生命的回响，这也许是很多人一生在考虑的问题，更是很多人一生都没考虑过的问题。

## 11

身畔的风来风往，都是远方的呼唤；眼前的花谢花开，都是岁月的呢喃。

生长着朴素幸福与简单快乐的地方，是永远的清凉境；在真正的热爱里悠然且怡然，是珍贵的欢喜心。愿我们都能入清凉境，生欢喜心。

## 12

  风沉默成夜,雨沉默成海,心沉默成梦。愿夜尽了,海醒了,梦能成真。

  与阳光同行,所有的奔赴都是最美的相约;和希望为伴,所有的遇见都是最暖的重逢。

# 每一扇窗后的生活

不很深的夜里，我有时会看着对面几座高楼里的灯火发呆，想象着每扇明亮的窗后，此刻正上演着怎样的生活。

一扇窗的玻璃上贴着各种有着小情趣的剪纸窗花，在灯光的背景中醒目且美好。看样子并不是过年时贴上的，因为那是新鲜的灿烂，在弥漫的夜色里，有着不被淹没的色彩。到底是怎样的一个人，有着怎样一颗热爱的心，才能在每天的疲惫之余，不心累僵卧，而是用一双灵巧的手，细心装扮着生活。把那些点点滴滴的点缀，汇集成暖暖的河，濯去所有世事的尘埃。

几扇微微闪着彩光的窗后，一定是在看电视。想起遥远的曾经，一家人坐在一起，面对一台十二英寸的黑白电视，看得陶醉且深情。窗外是无边无际的夜和无边无际的风，我们都笑着，年轻的父母，年少的我们，通过电视小小的窗口，去看一个无限神奇的大千世界。现在的电视那么大，节目那么多，却很少有人看了，它已经成为一种摆设。如果那些窗内，一家人在一起看电视，是多么温馨的时刻，是孩子们的幸运，也是大人们的幸福。

　　一个小小的身影，模糊地坐在窗后，看样子是在学习。这样的场景总让我有着一种感动，虽然现在的孩子学习繁忙，似乎回首没有快乐，可在这暗夜里，在灯下，在窗前，那个静静坐着写字的身影，已然是尘世中最纯净的美。三十多年前读高中的时候，每个夜里，我也是守着小小的窗，一人一桌一灯，伴着寂静，伴着远空几颗亮亮的星，一直学习到很晚。有时候累了，目光飞向窗外，就会与对面的一窗灯火相遇。那扇窗里，也有着一个少年，同样坐在那儿学习，于是心里就会有一种鼓舞，仿佛是一种陪伴。所以当那段时光已化作岁月深处的微尘，看到相似的情景，依然会唤醒青春的情节。

　　最后的那栋楼里的某扇窗，屏幕般正上演着一出无声的片段。隐约是一对中年夫妇，似乎正因为什么而激烈争吵。虽看不清神情，但从手势动作却可看出他们的激动与激烈。人到中年，琐事缠身，各种事也行将尘埃落定，破灭的梦想，不甘的平凡，无数的白眼冷遇，数不清的人情冷暖，像许多山压在心上。所以有时候偶尔爆发，也是一种宣泄。而且，如果没有磕磕绊绊，如果没有吵吵闹闹，那还叫什么生活？

　　再旁边的那扇窗里有微弱的红光，我知道，这户里住着一对慈祥而博学的老夫妇，我偶尔会去他们家请教一些问题。听说他们半生坎坷，可谓命运多舛，可到了晚年，却平和无比。他们睡得很早，起得更早，如果夜里下雪，早晨小区里第一行足迹一定是他们留下的。那一点点红光，是老大爷设置在香案上的两盏长明灯。不过他供奉的不是神佛一类，而是好多本老版的《全唐诗》，老大爷曾说，很多艰难的时刻，甚至这一生，都是唐诗带给他活下去的勇气和力量。唐诗已成为他的精神支柱或一种信仰，可我知道，这种信仰是多么伟大而值得。

　　右侧的那个窗口里生活着一个独身的中年男人，他很安静，在家的时候不是看书就是听音乐，极少见他摆弄手机。好像也没什么亲朋一类，总是独来独往。不过却不孤冷，小区里遇见任何人，都会笑得很暖，打着招呼。曾经他养过一条狗，后来那条狗老死，他便再没养过小动物。其实有时候很羡慕他的生活状态，或许是因为他没有太多生活的枷锁，或许是因为他的自由。可我也明白，他也有着他的烦恼与无奈。每一个人，每一种生活，都有着别人羡慕之处，也都有着只自知的沉重。

　　我也总是盯着一扇黑暗的窗看许久，因为那扇窗里已经换了多次主人。那么多的夜里，我旁观着那扇窗里的生活，平淡、热闹、冷清，走马灯般轮换，到如今，人去楼空，只余空与寂。也许每个人、每一家的生活都是如此，无论经历怎样的悲欢离合，最终都会消散。可就是如此短暂的一生，虽如时光长河里的微芒，却璀璨了红尘。我们记取的，后人追怀的，能于流逝中留存的，都是平凡的叠影。

　　就这样在窗前看了一会儿，每一盏红尘灯火都印在眼中，也打开我心底无数扇美好的窗。然后回到桌前继续写字，思路开阔，每一个字都带着温度。就这样徜徉于自己构建的世界里，走进夜的深处。再抬起头来看向窗外，那扇窗上的窗花已随灯光熄灭，可它仍在我心底盛开。另一边，那个学习的小小身影依然在，依然绽放成我眼中的风景。

　　许多灯火都已睡去，连同窗里的那些人，我仿佛看到无数的梦正在飘荡。在这小小的尘世间，每一扇窗后，原来都有着一种热爱。

# 第四章
## 一半尘土,一半流云

不让许多的梦淹没于人海中,不让许多的热爱麻木于琐碎里。把脚步生根于尘土,把心高翔于云外。

# 苍蝇落在鼻尖

正闭目假寐,忽觉鼻尖微痒,知道是一只苍蝇悄悄"莅临"。遂悄悄把眼睛张开一条缝,目光聚焦去看,重影模糊中,那只苍蝇正端然立在鼻尖处,正惬意地用一条腿反复捋一只翅膀。虽然看得费劲,我却依然颇觉有趣,只是当我偶尔转动一下眼珠,它倏然飞走。

其实我并不十分讨厌苍蝇,小时候夏天午睡,我总是盯着头顶一只悬停的苍蝇出神,看它的翅膀因扇动太快而成无形。也经常想着,它会什么时候落在我的鼻子上。可家族的兄弟姐妹们都烦死了苍蝇,若是落在脸上更会恼怒不已。有一次,一只苍蝇落在小堂妹的鼻子上,她哭闹了很久,一遍遍地洗鼻子。所以,当她看见苍蝇落在我鼻尖,我却很开心的样子,她就很不理解,而且离我远远的,仿佛我变成了苍蝇。

或许,有太多的人会和小堂妹有一样的想法,觉得苍蝇追腥逐臭,来往都是肮脏之所,如果让它落在脸上那还了得?这其实是有些小题大做了，虽然苍蝇会携带一些细菌，却也没必要如临大敌。比如说，有人让你用他的洗脚水洗脸，你是打死也不会做的。可是，在游泳池里，你兴奋地把全身浸到水中，甚至还扎猛子，经常不小心还会喝一口池水……要知道，池水中泡着的，不只是很多人的脚，甚至会有人在里面偷偷小便……可你并没觉得脏，也没恶心，反而乐此不疲地泡在里面。想想看，这只是一个观念问题，过于钻牛角尖，总是得不偿失。退一步来说，狗还经常舔人的脸，那么，狗就一定会比苍蝇干净吗？这样一想，苍蝇落在鼻尖上，有什么大不了的呢？

可能是在这方面我的心比较大，所以有时候反而觉得苍蝇也有那么几分可爱。我曾在一篇《苍蝇飞入午梦》的文章中说，没有苍蝇的夏天是不完整的。现在我也是这样认为，没了苍蝇蚊子，夏天会少了许多回忆。而苍蝇落在鼻尖上，几乎每个人都经历过，可是能于其中体会到乐趣甚至意趣的，却是寥寥。

东汉末年，著名的帅哥何晏，就是被称为傅粉何郎的那位，作为曹操的养子，又娶了曹操的女儿，所以一直都很顺利，但他的人品很有问题。据说，他接连几天都做同一个梦，梦见几十只青蝇落在他鼻子上，挥之不去。他向当时著名的易学家管辂求解这个梦的预兆，管辂直言不讳，说这是灾祸的征兆，并告诫他该如何去做。何晏并没有听进去，可管辂的舅舅却挺担心，说自己的外甥说话太直，得罪人遭到报复怎么办。管辂却浑不在意，说："与死人语，有何可畏？"果然过了十多天，何晏就被司马懿灭了三族。

常有人根据这个典故，说苍蝇是不吉祥和灾祸的象征。这确实是有些片面了，自从苍蝇被列为四害，就成了墙倒众人推的东西。惹来灾祸的从来是人自己，与其他无关。而且，在青蝇梦的典故里，何晏反复做同样的一个梦，再加上管辂对他的警告，能说明苍蝇其实是来给他警醒的，是来提醒他的，他不醒悟，怨不得人，也怪不得青蝇。

所以，我们不妨就把苍蝇当成一个普通的小生灵来看，那么，当厌恶之心减却，也许会发现一些不期而然的东西。不只是对苍蝇如此，对一些人一些事，如果也这样去看待，那么也同样会打开另一扇门。

# 耳食者流

一个很生动的词，写出了一类很生动的人，虽然生动中带着可怜、可悲或可恨，虽然我们看着、笑着、批判着，却经常不自知，有时候，我们也是生动的耳食者。

耳食者最大的特点就是听不够一些消息，无论哪个方面，无论有没有用，无论真假，耳朵从不挑食，任何道听途说都是盛宴。耳食者中一大部分人都有此种癖好，每天不听到点新鲜事就觉得生活没啥意思，他们往往在某处聚集扎堆，互通有无，且乐此不疲。这类耳食者必是成群的，每天都有很多消息在他们那里汇集交换，每一双耳朵都饱食终日。为了彼此的满足，他们就要在相聚之前四处采集各类消息，实在没有的时候，哪怕编造一些出来，也不能去吃白食。而且他们不只加入一个群体，往往每个人都加入多个小群体，这样一来，无数的消息在耳口之间生生不息。这样一来，他们听来的每一个消息都是无法留存住的，不吐不快，耳食而口泻。而且消息经无数的口耳之后，经无数次的酝酿加工改编之后，往往变得面目全非，却更符合胃口。

这类耳食者其实并无大害，往往都是在背后悄声相传，虽然各种夸大变形的消息有时会给当事人造成一定影响，也没什么大碍。除非是那些故意且恶意的散播，唾沫星子会把人淹死。这个群体其实很庞大，很多时候，我们也会不知不觉地成为其中一员。

而另一类耳食者却会造成不小的影响，对人对己都是如此，他们的特点是偏听偏信。这样一来，就会有一系列后果。纵观古今中外，偏听偏信者最终都没什么好的结局。偏听已然是一种狭隘，而偏信则更是一种固执的愚蠢。从一国之君到一家之长，偏听偏信都会导致下面分崩离析。而一个偏听偏信的人，自然会吸引一些投机之徒和阴险之辈，纷纷然如蝇聚，这样一些人在一起，自然酝酿不出什么好事来。

其实每个人都喜欢听好话，这是正常的，也是人的本能反应。可如果沉溺于这种虚幻的满足感，就会深陷于甜蜜的泥沼而不能自拔。普通人如果只喜欢听表扬，却厌恶批评，于飘飘然中相信自己就是最成功、最伟大的人，实则肯定会一事无成。领导如果只喜欢听好话，那么必然谄媚者盈门，在如潮的谀辞里沾沾自喜、荒废正事。阿谀奉承的话语，是他们耳朵的毒品，一旦上了瘾就欲罢不能。这样一来，有所需求者，想捞好处者，总之有着各种私人目的的人就会投其所好，久而久之，被拍之人就会发展到偏听偏信。虽然在冷静的夜里，他们偶尔也会反思，觉得自己是打肿脸充胖子，也想改变这种习惯，可当太阳升起，当溜须拍马之人在耳畔喋喋不休，便复又沉沦进去。

还有一种"较高层次"的耳食者，谓之愚信始终。和偏听偏信有着本质的不同，他们不是谁的话都听，准确地说，他们只听某个人或者某类人的话，并将之奉为圭臬，甚至是神音。在家有愚信始终者，在外同样也有，在某些组织中更有。

　　不管哪一种耳食者，都人数众多，经常是我们在说着评着的同时，却浑不知自己也是其中一员。不过短暂地成为耳食者并没什么，只要不是长久地让耳朵食出了瘾，就权当是一种别样的生活体验了。

## 二"回"三"醉"

  及时回头是一种勇气。这里的回头，是停下脚步转身另寻方向。明知方向错误，或者明知走到最后也无法抵达，还依然向前。那不是勇敢，只是不敢另起一行的懦弱；那不是执着，只是愚昧的固执。

  而更多的时候，是我们根本没有意识到方向不对，或者根本不清楚自己的能力与潜力不足以支持我们抵达目标，再或者是根本不承认自己的能力有限，即使别人善意地提醒，我们也当成一种嫉妒，反而化作更强烈的执念。所以，我们不仅要选对方向，还要反思自己，不能盲目自信，并不是有决心和勇气就能成功。与其无意义地蹉跎，不如及时回头。

  另一种回头，并不是放弃追求，而是在长路上走得久了，要不时地回头看一下。回头可以看见爱，因为太多人在你身后默默地关心着你、支持着你；回头可以遇见暖，来路上深深浅浅的足迹里，盛满着无悔，也生长着温暖的力量；回头可以发现风景，我们总是于匆匆中与许多美好擦肩,而不经意地回眸,就会与那些风景相遇,不仅可以舒缓疲惫的身心,更能让我们明白珍惜的含义。

所以,回头,是一种智慧,也是一种境界。

在人生的旷野中奔波,要记得回家。除了现实中的那个家,更要回到心灵的家园。为什么我们即使定居于某处也经常有漂泊之感?为什么我们有时候并没多做什么却总觉得疲惫?那就是因为我们的心没有回归那个家园。心灵的家园,是生命的本真,住着初心;是梦想的来处,住着清澈;是青青的草原,可以放牧灵魂。找到并回到心灵的家园,生命才不会麻木,生活才不会暗淡,前路才不会迷茫。

所以,回家,是卸落芜杂的欲望,是返璞归真。

同样,人生须有三醉。

沉醉于自己的热爱中。心有热爱,生命才有依托,才有期待。真正的热爱与名利无关,与成败无关,它只关乎过程中内心的怡然,永远在途中,没有终点,却是那样醉于其中无怨无悔。有热爱的人是幸运的,也是幸福的,生命永远不会苍白,即使沧桑也是别样的美。

陶醉于自己的追求中。追求和热爱并不相同,追求是带着美好的目的的,或者是为了更美好的生活,或者是为了更健康的身体,或者是为了更平和的心境,或者为了更辉煌的事业。有所追求,才不会随波逐流,才不会得过且过,每一天都绽放着灿烂的希望。

暖醉于生活的平凡中。在身畔的寻常点滴里,寻找入心的暖;

在日复一日的琐碎中，采撷每一缕光。在忙时神飞，在闲时心静。生命本就是平凡的叠影，把心种在这片厚重的土壤中，就会生长出许多不期而然的感动。都说习惯了是一件可怕的事，可只要心醉于树绿花红、雨丝风片，凝神于落红满径、笑靥如花，那么即使是一成不变的生活，也会充满期待。

所以，醉，是一种心态，也是一种精神。

回眸遇见无悔，回头柳暗花明，且行且醉，所有的细节汇聚成那片温暖的海。

# 跟着时间去追

　　跟着时间去追,有时追得上,有时追不上。追的时候,叫惜时;不追的时候,叫虚度;追得上的时候,叫终有所报;追不上的时候,叫尽力无悔。

　　我们经常说追赶时间,说和时间赛跑,其实,奔跑的脚步根本赶不上时间的背影,追赶时间没有意义,我们要做的,其实只是跟着时间去追。时间追得上的,我们不一定追得上,但是跟着时间去追,就算追不上你想要的,也会收获许多不期而然的美好。

　　人到中年,看着时光匆匆从身畔流过,此时会有一种无力或无奈,总想回头看,看那些被时间抛在后面的种种,无论眷恋的还是遗憾的,都化作一种遥远的美。时间的长河不可回溯,而随波逐流又常常茫然不知所之。这时更要奋力击水,虽然跳不出时间之河,但我们要追的就在前面。时间之河无边无岸,我们要做的,是找准那个方向,追下去,才不会与它错过或者相距越来越远。

时间具有巨大的包容性，在空间上，在方向上，它因每个人的选择而不同。当你内心坚定脚步执着，它会窄成缝隙，给你压迫感，让你步伐更快，无暇旁顾。而它留下那条极狭的路，就是通向你目标的路。当你散漫或麻木，它会很宽阔，宽阔成整个世界，而且有着无数的诱惑，让你无论往哪里走都觉得差不多。它给你一种停滞不前的错觉，所以你经常觉得度日如年，然后恍然间发现，从什么时候开始，就已时过境迁了呢？

时间是最公平的，你跟着它追，就算与目标错过，就算终没能抵达，它也会给你许多意外的收获，最主要的，它会给你一种无悔的心境。而当你是被它拖着走，你不但会觉得无来由地累，更会有一种深深的无助感，久了，你会挣脱不开，因为心里没有明确而坚定的目标，你就只能认命。

但是有些东西是跟着时间也追不上的。比如遗憾，会越追越远，越远就越清晰而心痛。时间追不上遗憾，所以只有在遗憾未发生时去杜绝，或者在发生的瞬间去弥补挽回，否则，遗憾一旦启程，便隔光年。

爱因斯坦说，时间并不存在，那只是人类的幻觉。如果真是那样，时间就是从我们的心开始的，那么我们跟着时间去追，就是跟着有梦的心去奔跑。我们跑过的大地天空，经过的万事万物，再加上我们的心，也就是时间，就构成了一个只属于我们自己的世界。所以，跟着时间去追，每一个足迹里都会生长出风景，每一念执着中都会演变出星空。或许，认识到这一点的时候，目标本身已不再重要，重要的是一个追逐和创造的过程。

人们逐水而居，是因为水源充沛、草木葱茏、万物昌盛，可以安家立业、生息繁衍；而我们逐时间之河而行，是因为梦想在前、呼唤如风、憧憬如海，可以让希望落地生根、生生不息。

# 寂寞也是一扇窗

很多人觉得，寂寞是被孤独困囿起来的失落。我也曾经这样认为，孤独中的失落，也许就是落寞。后来发现，落寞和寂寞并不是一样的。这个发现，也缘于无数次的体会。落寞是有原因的，而寂寞常常是自然而然的、无来由的。这样的寂寞就像风起云飞，像水流花谢，于是才能成为一扇窗，看到平时看不到的风景。

这是一扇可以向外看的窗，闲倚窗后，阳光如瀑，或月色如洗，或风摇影动，或细雨织愁，或雪轻轻地落，或露静静地凝。寻常事物，本无睹无感，却因寂寞而有了四时佳兴。那样的时刻，一道缝隙就是天空，一个角落就是世界，一株草就是丛林，一滴露就是海洋。幽思无远不至，天涯咫尺，在在处处，皆可忘情。

寂寞是一扇可以向内看的窗，而窗内，却是我们辽阔的内心，时刻变换着无数的情节，细微的情绪生生灭灭。也许只有寂寞时，我们才会审视自己的内心，检阅那些在角落里蒙尘的种种。陈旧的梦想、遥远的期待、泛黄的憧憬，都被世事的烦扰拥挤到幽暗处。当我们的目光点亮这里，当我们的心情一遍遍冲洗这里，当它们在尘埃中重见天日，却发现，它们已不再是曾经的模样，它们已被岁月、被我们自己篡改得面目全非。可是依然有一种感动在悄悄流淌，是山压不住的泉，是雪封不住的井。有了这样的感动，寂寞就是美的。

我不知道在最高处，是否没有了别的嘈杂；我只知道在寂寞时，才能听见自己的声音。

那一扇窗还可以向前看，因为寂寞的时候，剥落心上的茧壳，心，欢然所往的方向，就是真正的热爱。而我们往往在繁劳中与心背道而驰，往往在歧路上走得麻木而无悔。打开这扇窗，看看我们错过的方向，看看我们错过的梦想，或许，喟叹之余，会重新拾起激情，沸腾起热血，会毅然转身，抛落身后一地虚幻的繁华。

寂寞更是一扇可以向后看的窗，往事在身后已成森林，无论欢欣的还是遗憾的，无论明媚的还是黯然的，都在葱茏中眷恋。无意间在寂寞里留下一个脚印，后来回望时发现，荒芜的光阴里只有那一抹痕。或许寂寞才是生命最深的那个脚印，生动地衬托出所有的情节。向后看，所有的皆可放下，走过的路，都是珍重。

我多喜欢这样的一扇窗啊！

守一窗风月，捧一卷诗书，一念间花开千树，一念间落红成阵。心头悲喜，眼底流年，踽踽于空山雪落寂寞皆白，恋恋于幽篁月明清思成碧。如梦初觉，却总是在豁然而醒的时候豁然而悟，在若有所思的刹那若有所失。

我更喜欢在那扇窗后做自己喜欢的事。目光行走在寂寞的文字里，一片寒鸦飞尽的悠悠苍凉；笔尖行走在寂寞的文字里，流淌的都是深藏的渴望；心行走在寂寞的文字里，却把寂寞编织成生命的丰盈与璀璨。

生命中流淌着拔节的欢畅，那是寂寞时听到的来自心灵的天籁。就算匆匆的步履踏痛每一步的寻找，也只是让泪水洗亮世界，而不会泥泞了前路。打开那扇窗，或者关上那扇窗，我们都是世界。

# 目光在何处

曾经走在路上，目不暇接，不管有什么事也不着急，就那样慢悠悠地走。每一片灵动的云我都想去采撷，每一朵盛开的花我都想去轻嗅，每一声清脆的鸟鸣我都想去聆听，脚步就这样被缠缠绕绕，总是到了最后竟想不起原本想要去做什么。为此也没少被父母训斥，说我贪玩，一出去就让心在大地上撒野。那时候有人从我身边经过，或者对我说些什么，我基本是视而不见、听而不闻。那种目中无人，是源于周围有太多的美好吸引我的眼睛和心。

就算坐在窗后无所事事，目光也交织于窗外的一片怡然里。领队觅食的公鸡，刚生了蛋在墙头高声炫耀的母鸡，优雅踱步的大鹅，墙影里假寐的花狗，孜孜不倦拱坑的白猪，点头轻笑的鸭子，院子里的精灵们各行其是，又各自欢喜。还有檐下雏燕的低语，邻家园里那棵挂着风的杨树，墙头上那株正和蜻蜓、蝴蝶亲昵的花，都招招摇摇从眼睛走进心底。多年以后，我依然庆幸童年和少年时有着那样易被吸引、易被感染的目光和心灵，才能让我于生命的最初在心上印下那么多的美好，然后在不被预料的茫茫世事中，生长出不期而然的温暖和力量。

只是，从什么时候开始，那些周围的种种在眼中失去了色彩？抑或我的目光再也无法与那些细微之美相遇？凡世的尘渐渐在心底积土成山，眼睛也被琐碎搅乱了清澈，无论走在哪里，无论去做什么，脚步或者很慢，却不再怡然，或者很快，踏碎一地的心情。下了前夜班走在回去的路上，周围只有黑暗紧逼，看不到星光闪烁，午夜的树影狰狞恐怖，听不到一缕风问候一片叶的声音。

走在熙来攘往的街上，想着此行的成败，想着无数次的挣扎却越陷越深，想着前路到底在哪里，车流人海恍如隔世。目光在茫然中迷失溃散，身畔的一切再也敲不开心扉。初来的时候，是多喜欢走在有烟火气的街上，电线杆上贴着的各种广告都能让我驻足良久，商家门口的嘈杂音响都能让我凝神静听，甚至喜欢看每一个擦肩的人，或行色匆匆，或闲谈漫步，或一脸愁容，或满面春风，仿佛在阅读不同的故事与心情，深感小小的人间竟是如此多姿多彩。可一直以为会深恋的红尘，终是淹没了我的闲适，终是关上了那扇看世界的窗。

于是在那些走过无数次的街上，再没有留下脚印与回忆。步履沉重而急促，那些静的动的，都无法在眼睛里留下痕迹。人潮汹涌，都是一个个落寞的影子，一种种悲凉的无奈。不去看任何人，有人和我打招呼，也总是如梦初醒。此时的目中无人，源于眼中的微尘如雾，心底的块垒如山。

忙里偷闲独倚小窗，目光游离于外面的世界，无论春夏，无论晴雨，曾怡然的种种再无法从眼睛走进心底。更多的时候，目光停留在某一处，似乎在看，又似乎熟视无睹。目光被心情折断在那里，孤荡无依。儿时的窗外，那么多的美好在我心上落地生根，而此刻，没有一粒种子可以种进目光，没有一株花草可以植入心灵。

真的是很久很久没有看天，看云，看星月如画；很久很久没有看地，看泥土，看花草如流年。那个晚上做了个梦，梦里的我依然是小小少年，走在故乡的小河边，被水声洗过的目光生动无比，在岸边的石堆里寻觅五彩的小石子，一颗一颗，就像捡拾许多五颜六色的心情和心事。

多好啊，那样的梦和时光。忽然明白，那些美好依然可以入梦，我就没有被风尘完全淹没，至少还有一道缝隙，能让梦潜入。那么，我也一定会让更多的心情和希望在生命中来来往往、生生不息，可以让目光如过去般飞舞成眷恋的风景。于是，那道缝隙，就是天空。

# 一帆如梦

晴好的日子里，还是小小少年的我喜欢站在院子里，让目光飞过村南辽阔的大草甸，飞到松花江上，与一叶帆影相遇。那时觉得松花江就流淌在地平线上，那叶帆影就漂荡在天边，在漫天的阳光下如一片浅淡的云。

即使现在近四十年过去，那叶白帆依然载满了我的目光与憧憬，如果那算是梦想的话，那么它依然遥远，心和目光可以触摸，脚步却一直无法抵达。那些年里，江河湖海中近距离地看过不少帆船，可心中的那叶帆影依然不可追逐。

梦想如果是一叶帆，那么，什么会是推帆的风呢？

鼓励是扬帆的风。更多的时候，我们并没有筋疲力尽，并没有心神俱疲，并没有山穷水尽，可是停下了脚步。或者因麻木而生厌，或者因迷茫而生疑，或者因无望而生悔，那么，这样的时候，就需要真诚的鼓励来浸润那叶枯萎的帆。一句温暖的话，会坚定信心与脚步，会唤醒血液的温度，从而再度鼓起铮铮的勇气。

欣赏是扬帆的风。带着温度的目光,能点亮那个倦怠的身影。一件事做得久了,会怀疑自己的初衷;一条路走得久了,会怀疑远方是否真的值得去跋涉。而别人的欣赏,会浇灌出心底的力量。当自己的身影成为别人眼中的风景,当自己的足音飞舞成别人耳中的天籁,会觉得自己的追逐是一个动人的过程,也相信会有一个动人的结果。

相伴是扬帆的风。有人与你同行,有人和你有共同的追求,是人生大幸。更多的人都是在独行,孤单的身影萧瑟成倔强的符号。而有人和你一起向前、相互搀扶,两个人的信心、两个人的交流,汇聚成超越各自的力量。甚至不必并肩,只要知道有人和你走在同一条路上,哪怕走得很慢,隔得很远,也是一种遥遥的慰藉。

讽刺是扬帆的风。走上一条路,总会有人质疑,并于观望中嘲讽,更有人会因嫉妒而于唇间放出冷箭。你如果不被别人的白眼冷嘲淹没,那么就会更快地前行,扯断那些目光。别人的讽刺与嘲笑,更能刺激出心底的潜力,更能让你觉得,自己的选择是正确的。所以,要让自己的心足够强大,那么讽刺与伤害,也只不过是助你向前的风。

珍惜是扬帆的风。这里说的是珍惜过程,珍惜途中所见。当你能用路过的风景点缀疲惫的眼睛,当你能用擦肩的感动装点单调的心境,那么一颗心就会莹润如初,既有远方,也能容纳路上的美好。于是阳光铺路,月色邀影,花香相拥,每一步都是情怀,每一个足迹都会盛满无悔的歌。不辜负就是珍惜,过程本身就是结果之一。

虽然我还一直在途中,在向远方艰难前行,可我却收集着所有的风。遥想童年天边的那一叶帆,仍在等着我的脚步。

其实,我的心更是一叶帆,在时间的河里,一帆风满,凌于波涛之上,驶向那片向往的海。

# 你自己最想说的是什么

我在人多的场合说话，属于渐入佳境型。我起先是在聆听，借以判断每个人的性格、爱好、专长等，最主要的是了解他们喜欢说哪一类话题。所以，我从开始的沉默到后来的话多，是经历了一个观察和分析的过程。如此一来，不管和什么样的人，不管哪一类话题，我都能谈得来，聊得投机。因此，大家都觉得我容易相处。

而且不管是哪种聚会里，一般都会有一个所谓的主要人物，从大家的交谈就能看出，往往会以某个人为中心。这个人或者是德高望重，或者是在座中地位最高，或者众人中成就最大，等等，于是就形成了众星捧月的场面。此时，大家就要极尽能事来附和。除了文学之外，我可以和人谈奇闻逸事，可以谈妖魔鬼怪，谈历史，谈时事，还可以谈五行八卦，更可以谈三教九流。一直以来，我认为这也是一种能力，毕竟与人沟通就得找到对方喜欢的话题，退一步说，多个朋友多条路，就算不能成为朋友，也不要因慢待而有了嫌隙。

有一天，我忽然问自己：在那么多的场合里，经历过那么多人，说过那么多话，有几句是我想说的？而我自己最想说的又是什么？这样一问，这样一想，就觉得那么虚假，泡沫般不真实。迎合别人久了，只剩下一张面具和一条无法回头的路。其实我也知道这些，其实我也想说出自己想说的话，只是人微言轻，除了顺着别人的话说，就是沉默，而沉默，又显得与他们格格不入。假如有一天，我也能混成那个月亮，被众星围绕着，是不是就可以尽情地说自己想说的了？如果真有那样的时候，我想，也不会那么理想吧！因为不管那时候我说什么，一片附和之声，别人甚至不敢提出不同看法，那样的聊天还有什么意思呢？

不只是各种聚会如此，在生活中，在方方面面，也不是你想说什么就说什么。可能大多数的人都是言不由衷，都是笑不由心，在工作中，在交际中，基本成了常态。有时候，不但不能自由表达想法，还需要违心去赞成、违心去做。这是真正的身不由己，有生存和生活的责任跟着，就不能够任性随心。而且，我们渐渐地忘了说"不"，或者是不能说"不"。其实，我们可以去迎合，可以不甘心地去做，也可以不说"不"，但一定要经常回顾反思一下，我们真正想说想做的是什么，甚至一个人的时候，可以对着镜中的自己，把想说的都说出来。这样，才不会在虚假的世界中迷失真我。只有在精神世界里保持着昂首，才能在物质世界中不会因弯腰久了而站不直。

不过有的时候，就一定要说出自己想说的，就一定要说"不"。因为总有些东西是高于生命的，比如信仰、信念，比如尊严，也就是说，一定要有个底线。

也有一些时候，我们说不出自己想说的，并不是因为前面的种种原因，而是因为有顾虑，担心说出来会被人嘲笑，会被人指指点点，或者是觉得还不够成熟，再或者是觉得说出了可能会无形中惹人嫉恨，等等。这些是源于不自信，很多机会和机遇都是在这种瞻前顾后中错过的。在这种情况下，完全可以摒弃那些困扰，大胆去说。

又一次聚会上，我像以往那般听了一会儿，忽然就来了勇气，不但反驳了那个"被捧之月"的言论，更是畅快地说出了心中积蓄已久的种种。偷眼望去，众人竟然听得很认真，说完之后，并没有想象中的嘲讽和群起攻之，反而赢得了许多的赞许与理解。那一刻，忽然明白，也许一切并没有想得那么复杂，摘掉面具，不迎合，勇敢地说自己想说的，也许，会打开一扇崭新的大门。

# 青山约、黄粱梦与白鸥盟

　　我相信，这是绝大多数人偶尔或一直向往的三种生活状态和心情状态。不管辉煌也好，平凡也好，我们的心底，都深藏着一种回归自然、回归本真的渴望。每个人都有着一个心灵的家园，来避开尘世熙攘，独享片时的悠然。

　　青山约，是在古诗词中经常出现的一个词，如果说这是一个典故，却又众说不一，或者这并不是一个固定的典故，只是一个固定的词。青山之约，一般表达向往隐居的心情，伴青山流岚、明月林泉，找到心灵和肉体的归宿。可是，为俗世牢笼桎梏，为名缰利锁羁绊，极少有人能真正归隐，正因为如此，写着"青山约"的诗人、词人们虽归隐之心强烈，却无一人能真正做到。我们和古人一样，总是在不得志、不得意之后，在怀才不遇之后，才萌生归隐的念头，可一旦机会在前，又会不遗余力地投入滚滚红尘。

　　青山约，是忘俗。

　　可我们做不到真正忘却俗世里的种种，它们千丝万缕地织成一张网，网住我们的心。因为做不到，才会在心底把归隐生活想象得千般美好，才会在心底构建一个世外桃源。或许等到了老年，通透了世事，卸落了欲望，才能亲近无染的大地。只是彼时，白首对青山，可能会有着另一种苍凉。

黄粱梦，也是我们所向往的一种美梦。《枕中记》这个典故大家耳熟能详，卢生在旅店中遇吕翁，后来也有人说就是吕洞宾，诉说心愿，吕翁送他一个枕，他一梦一生，从平凡到富贵，然后也是几经波折，最后老死。醒来的卢生，回想梦中无比真实而漫长的一生，可眼前的黄粱犹未熟，于是恍然彻悟，至此，才是真正醒来了。我们虽没有仙翁赠枕，但也经常做这样的美梦，却短暂而模糊，醒来后不但不能彻悟，反而激起了更强的追求之心。

黄粱梦，是忘尘。

忘尘，忘却尘世芜杂，忘却梦想和欲望，忘却宠辱，忘却穷达。可这又何其之难，人生在世，所有积极的东西，都在告诉我们要去拼搏奋斗，要去争取。就算有人说，人生如梦，梦醒成空，我们也不会相信，而且，就算知道是那么回事，也不可能就此熄了心中的火，然后遁入世外。其实，我们真需要一场纵贯一生的黄粱梦，真实得让我们忘了那只是梦，漫长得让我们忘了那只是片刻，在梦里过完不管怎样的一生，醒来定然会了然而悟。所以，有了黄粱梦，才会有青山约。

而白鸥盟却单指一种淳朴自然的心境和心态。《列子·黄帝篇》中记载了这样的故事，海边有个人很喜欢鸥鸟，每天早晨都去海边，而白鸥们也对他很亲近，每次来，都有无数白鸥在他身边围绕，甚至落在他身上。后来他父亲知道了，让他捉鸥鸟回来给自己玩。第二天，当他再次来到海边时，所有的鸥鸟都在远处飞翔，再也不肯下来同他嬉戏了。这就说明人一旦有了机心，有了算计，那么，本属于自己的美好就会远离而去。所以，只有清澈才能映出天光云影，只有本真才能亲近自然。

白鸥盟，是忘机。

机心是世俗的机巧之心，是一种欲望的萌动。虽然我们知道机关算尽也未必如意，可没有人能不去算计，于是在欲望的驱使下，越陷越深，从而离美好越来越远，到头来发现得不偿失。《庄子》中说，机心的本质是世俗的羁绊，它遮蔽了人们的灵性，所以就隔绝了自然，更不会顺应自然之道。白鸥盟与青山约、黄粱梦不同，青山约和黄粱梦都是让我们避世或出世，而白鸥盟却是只重心灵。不管出世入世，不管身在红尘还是身在田园，只要心澄澈如初，自然会遇见美好。我知道在当今社会上，这样的人很多时候会被称为傻子，可是，跳出欲望与钩心斗角来看，他们，才是活得洒脱自在之人，而我们，才是在蛛网中挣扎的傻子。

虽然真的无法跳出尘世樊笼，我们的心却可以自由自在。劳碌之余，繁累之闲，真想过那种生活啊！每日约数回青山，读书倦了就与鸥鸟相戏，在悠长的夜里梦一枕黄粱，醒来后，依然是青山白鸥，那么，更有何求呢？

## 热爱,刹那或永恒

什么是热爱?它指的并不是你于工作中历经了岁月时光之后,生出了兴趣而喜欢上工作,也不是某一天心血来潮想学些什么,更不是在人生长路上我们很多很多的喜欢。

喜欢和热爱,其实是两回事。热爱比喜欢更深沉、更悠远,它,是你遥远的心动。也许你并没有因为曾经的心动而去毕生追求它,其实,绝大多数的人,都没有选择自己最心动的方向。在世事的变幻中,我们选择的门,往往不是最想进入的,而是最容易进入的。

可是,不管我们在尘世的奔波劳碌里经历了什么,不管怎样匆匆而泥沙俱下的岁月,都不能改变那份遥远的心动,都不能埋葬那种最初的火热,更不能洗去它存在的痕迹。这,就是热爱!或许更多的时候,我们甚至想不起它,可它依然在生命里不离不弃,某一天你累了倦了,或者忽然厌烦了许多事,一回头,它就在那里。

这个世界其实没有那么美好，它甚至是寒冷的，能温暖我们的，只有自己。这就像人为什么盖被子会觉得温暖一样，被子本身并不发热，温暖我们的是自己的体温，被子的作用，只是不让体温流散。而热爱，其实就是被子，它不让我们生命的温度流散，它就在那里，让我们聚集热情热血，去抵御世事的苍凉。所以，我们都不要丢了自己的热爱，不管它是否能让你飞黄腾达、功成名就，至少能让你觉得，我路过这个人间，并遇见了心动的热爱。这，就是生命最本真的意义。

上大学的时候，我曾在图书馆里看过一首诗："要是我占领了这座城市，城市里没有你的房子，那我为什么要占领呢？要是我占领了你的房子，房子里没有你，那我为什么要占领呢？要是我占领了你，你的心却不在，那我为什么要占领呢？要是我占领了你的心，你却丢失了你自己，那我为什么要占领呢？"

很多时候，我们因热爱而追求的过程，也是如此。为什么去占领呢？为什么去热爱呢？就像诗中所说，是什么，不断地改变着选择？又是什么，总是在关键时刻篡改了结果？所以我们总是在追求的过程中感到迷茫，似乎走到哪一步，都有失落，都有更多的迷惑。在不断达到目标的时候，总是觉得依然离热爱很远，甚至更远，甚至会因此迷失了自己。就是不知道自己的这一系列占领，它的意义在哪里。

在古诗词里有四种内在的东西，即情感、情怀、价值和精神。这四种也许就是诗词的魅力所在，是我们读诗词的意义所在。而我们对所热爱事物的追求同样如此，同样有着这四种感发的力量。

情感是从狭义到广义的，也许最初只是单纯的喜欢之情，然后渐渐把自己的情感寄托于追求热爱的过程中,最后与热爱就有了一种相依之情,不可割舍,也不会背离。至此,情感就已经上升到了一个高度,成为一种情怀。

情怀是一个更广阔的世界,它脱离了情感的范畴。热爱是生命的后花园,可以放牧我们的灵魂,可以让我们在这个寒凉的世间,心底依然有着动人的温度。而且,我们自身更会因此有一种恬然之意,有一种人格的魅力,有一种来自生命的清香。从容而优雅,洗尽心上的微尘,洗尽前路的迷茫,即使在任何的境遇中,我们都能以平常心度过,并能从中找出动人的东西。这就是情怀,是一种意义,更是一种由内及外的力量。

能用热爱来净化自己的生命,让心温暖如初,这是对内的价值;而当你的热爱能给更多的人以鼓舞和力量时,这就是对外的价值。至此,热爱于我们而言,已成为一种精神,更像是一种信仰。

所以,这就是为什么我们要不断地去占领,为什么明知这条路并不好走,明知自己的热爱也许并不会给我们带来一些物质上的东西,可是,却依然选择走下去。这,同样是一种精神。

愿我们在追求热爱的过程中,既不迷失自己,也不让变幻的世界把一切篡改得面目全非。我有一本书,书名叫《愿意在春天里虚度光阴》,其实,我们更愿意在热爱里虚度光阴。如果一个人把自己的时光虚度在热爱里,那么我认为,那些时光从来没有被虚度过。

所以,坚持你的热爱,不放弃,就是执着;不辜负,就是珍惜。

# 闲时俱忘

这种闲,是真正的闲,并不是忙里偷闲,或者忙的缝隙中裹挟的闲。而这个忘,也并不是真的遗忘、淡忘,而是一种忽略,或者失去原来的兴致。

经常会有这样的时候,越是忙乱,越是没时间,就越想做一些别的事。比如在无穷尽的工作中,就想着,此时要是能在阳光下静静地看书,或于水畔悠然地钓鱼,或窝在沙发里看个电影,总之,就是那些自己喜欢的、向往的、计划中的,在此刻有着那么强的吸引力。而忙里偷闲,或者忙中之闲,就会把那种心情、那种行为具体到迷恋的高度。比如难得的休息日,终于可以做想做的事,却总是意犹未尽时戛然而止。想起上学时在课堂上偷看小说,顶着被老师发现的压力,看得天昏地暗浑然忘了所有。

那种痴迷与狂热,更多的时候,并不是真的来源于内心的热爱,而是来源于忙,来源于闲之短暂。如果真的有很长的闲暇,则不一定会再去做那些原本心心念念的事,或者做了一会儿觉得没意思,从而放弃。就像终于放了长假,竟然什么都不想做了,宁可发呆,也不愿去做曾经无数次计划的事。就像放学之后,小说就被我扔在一边,不想再看一眼。所以我们经常会说,等我有时间了,一定怎样怎样,而往往是有了时间,却没了心情或者兴致。

　　细想起来,那些事也许是我们想做的,而且在忙时如果给时间也一定会做,但不一定是有了足够的时间就非做不可的。可是,为什么忙的时候,想得那么强烈呢?那是因为,我们需要这样一种想象,来冲淡忙碌的烦躁,来缓解忙碌的心情,来给自己一个希望、一个憧憬,这样繁忙便也不再那么难熬了。

　　这也说明,我们忙的东西并不是自己的热爱,我们并没有真正把心投进去,所以才会生发出那么多的想象。绝大多数的人,都是这样一种状态,在不喜欢的生活里奔劳却又无可奈何,同时又想象着有时间会怎样怎样,然后永远没有时间,于是就在忙与想象中度过无数个日月流年。当有一天真的有时间了,闲了,却又觉得时过境迁,觉得一切都来不及了。

　　那些在某方面成功的人,往往都能把那种忙中的想象与憧憬真正变成现实,真正变成自己的热爱。他们不只是在忙时想象,更能在闲时全心去做,不管是短暂的闲暇还是漫长的岁月。我们和他们的区别就在于,闲是忙的缝隙,我们只从这个缝隙中看到了天空,从而去无尽地想象自由时的种种,而他们却把缝隙变成了整个天空,装进所有的梦与坚持。所以,当我们抱怨一事无成的时候,可以审视一下内心,可以检阅一下闲时是怎样度过的,也许就会愧而流汗。

真正闲了，反而不积极了，或者是被别的事物分散了注意力，或者是觉得有的是时间，不着急。我们的时光和热爱就是这样被蹉跎的，到最后只剩一声喟叹满襟凄凉。

　　一直记得中学时一个老师对我们说过的话："你们心里又长草了吧？你们要记住心里长的草，也许那才是你们真正的热爱，也许以后会长成一片森林。"只是，我想，我们当年的绝大多数人，心里的草如今早已枯萎了。

　　所以终于明白，珍重闲时，不负热爱，不管成功与否，都无悔。

# 雨和泪的始终

一场雨落下来,两行泪也莫名落下来。眼睛和天空一样笼罩着云翳,可是更多的时候,雨停了,天空涂满阳光,泪停了,眼睛却依然阴暗。雨水会融入小溪,汇入江河,奔向大海;泪水呢,终会落向哪里?经常是被蒸发成一种遗忘,在世间了无痕迹。都说海是泪的故乡,因为泪来自心底的一片海,而雨奔向世间的那片海,短暂与漫长的行程相比,却似乎有着同样的艰辛。

落进海里的雨是幸福的,奔向幸福的路途与时间都那么短,就像一滴泪从伤心走向遗忘的过程。落进海里的雨是不幸的,它们还没来得及回味,还没来得及领略途中的风景,就已经到了终点。一个出生在富贵家庭里的孩子,很有可能在幸福中久了就感知不到幸福,就像在海中游泳的鱼,不停地寻找海,却不知海既在身内也在身外。而且那些孩子自出生起就会被安排好日后的每一条路,一眼可以看到头的人生,会不会少了一份未知的期待?

落进沙漠的雨是不幸的,短暂的坠落,漫长的未知,何时沙漠能成绿洲，何时戈壁能变沧海，都是远如隔世的缥缈。它们像极了眼泪，有始而无终，想滋润却被吞噬。心情的沙漠能吞噬很多没来得及启程的泪，那样的时刻，能哭出来也是一种幸福。落进沙漠的雨是幸福的，虽看似一开始就结束，其实却有着无限的可能，领略过绝境，才能开辟出一条只属于自己的路。走到没有前路的悬崖，是飞翔还是陨落，全是一心使然。

很多的泪是流不绝的，如那场没有尾声的雨。雨泥泞了世间的路，泪却泥泞了生命。在泥泞的路上行走，疲惫的是脚步；在泥泞的生命中行走，疲惫的是心情。更多的雨滴还没来得及亲近溪水河流，便被阳光蒸发，化汽成云，完成一次轮回，期待再次从天空飘落。可眼泪一旦启程便没有归期，它们可能也会化汽成云，变作一滴雨，却再没了原来的重量。每一滴泪都是崭新的，都是心情的一部分，泪流多了，生命就会有着不可弥补的缺失。渐渐地，再也没有了眼泪，可眼睛和心却永远不再晴朗，心情消耗殆尽，绝望如影随形。

最缤纷的雨是阳光下的雨，就那么不期而至，晶莹成清澈的喜悦，那些雨是能落进心里的。而落进心底的泪，则重如山，能淹没许多温暖与希望。而有时的喜极而泣，就是阳光雨，同样能落进别人的心底，温暖滋润着美好的情感。那样的泪，是幸福的满溢，在阳光般的心情里飞舞，飞舞成生命中最珍贵的眷恋。

雨和泪交融的时刻，或大喜，或大悲。因喜而哭的人冲进雨里，雨也滂沱着压制不住的幸福。而有的人冲进雨里，只是为了掩盖自己的泪，不想让人看到自己哭泣。脸上淌着的，分不清是雨是泪，仿佛所有的雨都是自己的泪，也希望雨停了，泪也会干了，痛苦也被洗尽。

　　雨总会落下来，泪也总会溢出来。愿哭过后的眼睛和天空一样画上彩虹，愿悲痛过的心和大地一样，所有的希望生生不息。

　　每一滴雨里的海，每一滴泪里的人生，都是真实的。

# 一半尘土，一半流云

　　人这一生所经历的所有事，大概可分两种，一种化作尘土，一种变成流云。

　　那些痛苦的可归尘土，痛苦其实是一片厚重的土壤，可以生长出许多不被预料的欣慰。虽然身处痛苦之中时暗无天日，任何语言和理论都那么苍白，但极少有人会于痛苦中长久地沉沦。熬过生命的冬，心会在泥土深处复苏，并生长出崭新的希望。时间对痛苦的补偿，是心在痛苦的逐渐浅淡中慢慢变得通透豁达；生活对痛苦的补偿，是生命在度尽劫波后的淡然或热爱。

　　那些幸福快乐的可归流云，其酝酿一生幸福的雨。我们一直感叹，快乐的时光总是短暂，幸福的日子总是匆匆，而正因其短暂而深刻，因其匆匆而铭记。如天上的云，随卷随舒，任聚任散，但它们从未真正消失过，它们只是用不同的形态与身姿陪伴着天空大地。就像那些我们以为消逝的幸福快乐，其实一直在心底盈然，是我们温暖的来处。

那些暗淡的可归尘土，大地会用博大的胸怀包容所有的不如意，并把它们分解沉淀，化作长久的力量。就像夜再长也淹没不了梦，就像泥土的重压阻挡不住一粒种子的渴望，一颗有希望的心，永远不会被暗淡的际遇所困囿。而且，越是暗淡沉重，越可磨砺心境。心是一粒种子，越是承受重压，破土而出后就会越蓬勃。

那些光明的可归流云，让它们在阳光的海里畅游，让它们和阳光一起普照生命的每一个角落。那些曾映亮生命与生活的点点滴滴，不可消散于平凡与琐碎中，要让它们凝聚成灿烂的云，既可慰藉沧桑与疲累，更能指引方向、烛照前路。

那些和责任相关的可归尘土，那是人之一世必要去做的，既是重担，也是担当。除了不得不为的，还有那些被迫去做的，既然无法改变，那么就不要心怀怨怼。因为要知道的是，怨怼之心只能伤害自己，对于你所怨之人之事毫无作用。做好分内事是大地上坚实的基础，做好不得不做的分外事，则是一级级阶梯，通向不期而然的收获。如此，才不会在以后的回望中，让那些来路断裂成渊。

那些和追逐有关的可归流云，热爱和梦想每个人都有，但对绝大多数人来说，它们并不是必要的，也不是必须坚守的。所以有些人常常觉得很累，虽然他们看似成功，却没有发自内心的满足与喜悦，甚至会有一种得不偿失的感觉。而那些不放弃热爱和梦想的人，即使没有世人眼中的成功，可他们依然是充实而无悔的。把所有的梦想升华成云，让闪着希冀与眷恋的种种，高于世俗的羁绊。如此，就会看得更远一些，走得更远一些。因为，没有什么可以挡住一颗有高度的心。

所以,纷繁芜杂的事虽如网千结,但只要我们拥有执着的心,那么,就可以于百般桎梏中依然海阔天空。

把一些归于尘土,生命就会厚重一些,脚步就会踏实一些;把一些归于流云,心境就会超然一些,心胸就会开阔一些。

正因为如此,才成就了生活的天高地厚。

# 中年的哲学是认输

张晓风说过，每个少年都是诗人，每个中年都是哲学家。

从少年到中年，从诗人到哲学家，似乎是失去了一些什么，也得到了一些什么。在这得与失之间，有时候说不清哪个重要。比如中年人，失去了诗人般的激情，得到了心灵上的宁静，这实在无法对比，或者是不同阶段的美好吧。

说中年是哲学家，也正因为那份宁静、平静，所以能够跳出是非纷争之外来思考一些问题。比如原来认为重要的，现在觉得无所谓了，很多曾经为之纠结的，都可以放下了，舟散月明，云淡风轻，似乎找到了生命更高层次的意义。所以回想起年轻时的种种，会有一种陌生感，当抽离了那些热血和豪情，感觉到生命在不同的阶段的泾渭分明。

说这是哲学，或许是有些高深了，其实说白了，人到中年，就是学会认输了。可能这么说，会破坏掉那种境界，可实质本就是如此。认输是一个很艰难的过程，我们从小到大，再到中年，都是在这样一个从不服输到认输的过程中。认输，关键是在"认"上。年轻的时候虽然经常碰壁，经常输得很惨，可是不认，心里满是不甘，总以为自己可以百折不挠，可以东山再起，最次也能另起一行。从不或者很少认为自己不行，不认为自己能力不足，不认为自己不适合，不认为自己不如别人，年轻人的字典里没有"失败"二字。

那么到最后怎么就认输了呢？有一部分人是来自心灰意冷，就是失败次数太多了，把热血一点点熬干，把豪情一点点击溃，而且把资本也一点点耗光，从精神到物质，都无力再去拼了。这一般会导致一种万念俱灰的消极状态，或者麻木，或者愤世嫉俗，或者随波逐流。也有一部分是败在了时间上，本来坚信那句话，跌倒九十九次，只要第一百次站起来，就是成功。可现实不是鸡汤，撞了无数次的墙，不知回头，总有头破血流的时候。可是他们不怕这些跌倒和撞墙，他们可以一次次发起冲锋，屡败屡战。他们甚至不存在热血豪情消磨的问题，也不担心耗光资本，可是时间不等他们，悠悠日西坠，终于有一天，身体先承受不住了。这是真正的有心无力了，这种情况会折磨他们很长时间，一直磨平了心里的不平，才不再去想。

这两类人，都是被迫认输的。当他们看似放下了，其实还要纠结很久，才能获得真正的平静与怡然。不过，他们由于经历了拼血的斗争和无奈的落幕，真正放下时，往往会更通透、更彻底。

但是大多数中年人的认输，是自然而然的，或者看起来是自然而然的。这些人从小到大其实是不怎么争的，或者是条件优渥、顺风顺水，或者是天性淡泊，或者是抵得住诱惑，总之他们不露锋芒，也不在意名利，更多的是平凡的状态。争胜，并不是他们生活的常态，但他们一样有着自己的琐碎和烦恼，虽然都和名利无关，却一样很折磨人。会觉得想要过一种平凡的生活真难，总是树欲静而风不止。后来随着年龄增长，天已过午，会渐渐明白，纠缠于琐碎，也是对生命的浪费。还有的人是最后干脆放弃抵抗，什么琐碎烦恼，什么鸡毛蒜皮，都来吧，来淹没吧，这样的态度一出来，会忽然发现，那些竟然对自己没什么影响了。

这一部分人的认输，并不是那种所求不得的无奈，而是一种对平凡的全新领悟。

中年的哲学是认输，再没了那些羡慕与嫉妒，知道了忍让与无视。当然，偶尔还会内心蠢动，但能很快平息下去。如果心里一点波澜都没有了，那可能就迈入老年阶段了。所以，我们告别年轻时代，没有求不得的苦恼，只有爱别离的眷恋，就这样走进中年，走进生命的极致。

# 古诗词里的问

冬日暖阳透窗而入，栖落在书页间，把那些长长短短的诗句抚摸得深情无比。近日重翻那些诗词书籍，发现那些带"问"字的句子里，每一句都问出了不同的情感、哲理或意境。

很多时候，问着别人，其实也是在问自己。

陶渊明的"问君何能尔，心远地自偏"，实则很像自问自答，却答出了一份超然。那份超然不是远离尘嚣，也不是不食人间烟火，全在于一颗心。心若能远，则处处是净土。可是，我们的心被各种东西羁绊着、拥挤着，在无形的桎梏中，根本不能自由地放飞思绪。总是说待到何时，寻一清幽偏远之地，伴四时风月，修身养性，诗书自娱。可我们明明知道，永远不会有那个时候，那只是我们一种无望的畅想。其实无须水远山长，不必林泉花下，清空内心的欲望，即使身处红尘深处，一样怡然自乐。

"问君能有几多愁，恰似一江春水向东流"，"愁宗"李煜的问，更是问自己的心。愁若一江春水，却长流不绝。一直在想，我们那些纷繁的愁绪，虽不如后主亡国亡家的沉重，却也纠缠不休，风吹不散，水流不尽，能不能有一种情境，能不能有一种心境，让茫茫愁思归尘归土？李白的《山中问答》，给出了一个相似的答案："问余何意栖碧山，笑而不答心自闲。桃花流水窅然去，别有天地非人间。"虽笑而不答，可"心自闲"就是美好的起因。是环境让心闲淡起来，还是因心闲而别有天地，桃花流水知道。心远心闲，自无闲愁杂绪，自会悠然自得。

问问天地万物，也许会让心胸开阔一些，至少也能得到暂时的解脱。

比如欧阳修的"泪眼问花花不语，乱红飞过秋千去"，虽于时光的匆匆里感叹年华易逝，感喟功名难成，可眼泪与花相遇，就总会有一种释放。乱红无语，也是一种抚慰。而李白的"青天有月来几时？我今停杯一问之"，和苏轼的"明月几时有？把酒问青天"，则是直接问天，也许酒消不了"谪仙"和"坡仙"的心中块垒，向苍天一问却可以唤起心底无限的豪情。而毛泽东在橘子洲头的"问苍茫大地，谁主沉浮"，问大地，问出一种壮阔的胸襟和深远的抱负。所以，有时候我们不妨大声问问天地，也许心胸就会天高地阔起来。

有一种问，却情意悠长。

李白在酒肆与金陵子弟道别，写下"请君试问东流水，别意与之谁短长"，比流水还长还缠绵的，不只是离愁别绪，更是那份永远的情谊。而与友人或亲人阔别多年，再次相逢，却觉恍如一梦。李益在十年后重见外弟时，写下"问姓惊初见，称名忆旧容"，十年离乱，再见已隔着无数的沧桑，竟是认不出那张容颜，可问姓称名之后,悲喜交集,那样的情感深沉得带着悲凉。

渡汉江的宋之问,向着家乡的方向,却"近乡情更怯,不敢问来人"。他心中的乡情无限,但怕的是什么呢?他怕的是物是人非,怕的是人物皆非,更或者,他怕的是猝然相见的喜悦溃了心里的堤。总之,那是一种复杂的心情,家乡在望,既喜又忧,既盼又怕。不过,能归来就是好的,如果像李商隐那般"君问归期未有期",才是一种更伤的情,只能于想象中回家,再回望这段无期的漂泊。就算有一天回到了家乡,却已是在漫长的时光之后。贺知章老年回乡,在面对"儿童相见不相识,笑问客从何处来"的情境时,该是有着怎样浓重的苍凉?

不管隔着多少岁月,不管隔着多少山水,能重逢,能归去,总是幸运的。而往往却是,一别之后再见难期。"渐行渐远渐无书,水阔鱼沉何处问",欧阳修的感慨,透着沉重的凄然。天涯遥遥,鱼雁难通,连一纸问候都送不达、等不到。

所以不管身在何处,不管他乡异乡,且让心远心闲。如苏轼般,"试问岭南应不好?却道,此心安处是吾乡"。

# 第五章
# 用目光去暖，用心灵去爱

用目光去遇见，用心灵去接纳，铭记该记住的，淡忘该忘却的，方不负生命中的爱与暖。

# 接近成功的失败

犹豫中没有开始的，是一种选择，是一种回望时的遗憾；中途放弃的，是一种没能坚持到底的悔恨；临近终点跌倒的，是一种强烈的不甘和抱怨。都是失败，但是有的失败可以接受，有的失败却耿耿于怀。就像在拼搏中，光明正大地正面输给对手，或者因实力相差悬殊而一败涂地，虽有失落但可接受；而输给对手的算计，输给自己的疏忽或轻敌，或实力相当却输于未能坚持到最后一刻，都会成为心中块垒，久不释怀。

我们可以接受看起来正常的失败，却无法接受接近成功的失败。没能走近那片海，没有看到那片海，只是遗憾；而止步于海浪声中，咫尺忽成天涯，却是终身大恨。

接近成功的失败一般有两种情况。

一种是来自外在因素。比如匆匆赶到车站，却被告知车两小时前开走了，虽遗憾却并不如何生气。而如果被告知车一分钟前刚刚开走，就会特别懊恼生气，这是被动的失败。当你抵达彼处，目标却不在了，所以那一声喟叹，往往叹的是时不我待或生不逢时，或叹的是上苍不眷顾或运气太差。

一种是来自内在因素。接近成功的时候，就像黎明前的黑暗，最后一程往往是最难行的一段路。这个时候容易产生怀疑，因为黑暗而看不到前方，而此刻也是最疲惫的时候，于是终于放弃。当知道成功就在不远处，那种心情可想而知。或者已经穿越了至暗时刻，已经看到前方的目标在阳光下呼唤，于是紧张的心陡然一松，便忽略了脚下的艰险，轰然跌落，功败垂成。

这种失败是最让人痛心、痛悔、痛恨的，不只是因为成功在前，更是因为自己的怀疑、懈怠和过早高兴。同样是来自自身的原因，未开始或半途而废都可接受，唯这种功亏一篑却让人痛惜，甚至悔恨终生。

接近成功的失败一般有两种心态。

一种是继续向前。当发现原来成功就在眼前，虽然短短的距离也许会有着最艰难的路，但是心却更加坚定。之前的犹疑一扫而空，之前的懈怠也随风而去，悔恨都是暂时，心执着如初，再度奋勇向前。

一种是彻底放弃。无法从这种最近的错失中走出，恨自己的不能一以贯之，觉得所有的精神斗志、所有的勇气力量，都在来路上耗掉，剩下的一点也在最后的跌倒中归于尘土，觉得再也不能抵达，再也不能有原来的心境与心态。或者在痛苦之余倾于宿命，认为这是命中注定的无缘，人不与命争，觉得再继续也同样会失败。于是只好转身，虽然心有不甘。可是多年后，那种悔与痛，依然会如影随形。

"靡不有初，鲜克有终"，都曾有过最美好的开始，有过最具信心的启程。每一条长路上，都有那么多人在跋涉；每一片水域中，都有那么多人在竞渡。只是能坚持到最后的，却是寥寥。接近成功的失败，如果能重整旗鼓，就不是真正的失败，那只是一种磨炼；如果就此转身，则成一生挥不去的痛。

# 枯萎的阳光

在动物园闲逛,由于是周末,且天气晴好,阳光洒落,长风流淌,所以带着小孩儿来游园的人特别多。那些小孩儿隔着铁栅栏看着,当那些纸上的动物图案活生生地出现在眼前时,新奇与兴奋就写在了脸上。

然后我听到一个小女孩儿问:"妈妈,这些动物犯了什么罪?"

那个母亲似乎愣了一下,说:"它们没有犯罪啊!"

"可是没犯罪为什么要把它们关进监狱呢?"

我向四处望了望,或是铁笼封闭,或是深坑如渊,或是高栅冰冷,动物园真的是一座监狱,轻易就困住了自由,让那些动物以一种慵懒的姿态展现在世人的面前。一时之间,我若有所思,又若有所失。

转头看时,那个小女孩儿已经被妈妈领着向动物园的门口走去,小小的身影有些落寞,仿佛背着一份负荷。远远地还能听见那个妈妈的训斥,也许是小女孩儿吵闹着不想待在这个"大监狱"

里吧。刹那间我也浑身不自在起来,本来是想来散散心,心反而更烦闷。虽然站在这么广阔的天地间,却感受到那么多有形或无形的困囿,甚至是束缚。忽然感觉很无力,也很无奈。

我和一头鹿对视了一眼,在它眼中,我没有看到高山深涧,也没有看到绿水青草,更没有看到松月竹泉,却似乎看到了一抹同情的光。我知道,也许它也能看到,我眼中有着一种同样的悲悯。

走出动物园,回头看,那许多的牢房都淹没在阳光里。

动物园门前是大片的草地和年轻的树林,我看到在草丛间时隐时现的青蛙和蚂蚱,看到悠然的蝶从一朵花飞向另一朵花,看到鸟在林间嬉戏啼鸣。眼前的美好洗淡了心底的失落,我走进那片林,阳光从枝叶间漏下来,像在地上开了一朵一朵的花。踩着一地的阳光花,被树们梳理得细细的风缠绕着我,鸟鸣忽然就繁密起来。

抬眼,前面有一些老人,他们手里提着鸟笼子,有的把鸟笼子挂在了枝上,每个笼子里都有一只美丽的鸟。看着那些笼中鸟,再转身看不远处的动物园,刚刚明媚起来的心情又暗淡下去。

枝叶间许多鸟在欢快地唱、自由地飞,这样的对比之下,我想笼中的鸟们可能会很消沉。可是,我分明看到它们也在大声唱,而且唱得更快乐。

那一刻,脚下一朵一朵的阳光,纷纷枯萎。

# 浪是鱼的风

我奔跑，拼命地跑，感受不到迎面而来的风，那些风都被脸上、身上的汗吞噬了。阳光倾泻而下，我奋力迈步，每一步都踩在心跳上。一圈又一圈，仿佛永远看不到终点。就像身后有什么可怕的东西在追赶我，恍惚间以为自己是在一个噩梦里。

几年前，我曾无数次做过那样的噩梦，黑暗而苍凉的旷野，身后有脚步声和嘶吼声，却不敢回头，只能用尽全力跑。心中除了恐惧，只有一个念头或希望，只要不停下，就能跑出黑暗，摆脱身后的追逐。可是每一次，都是于跌倒中惊醒，在依然剧烈的心跳里后怕且庆幸，幸好这只是一个梦。

继续奔跑，我已经看不见身前身后的同学，甚至看不见周围的种种，只有窄窄的跑道在不断地延伸。脚步已经不受大脑控制，只是机械地抬起落下，心中横亘着一个想法，这次决不能再跌倒放弃。那个瞬间，忽然想到，草原上奔跑的动物、天上疾飞的鸟、水中畅游的鱼，它们也许并不像看起来那么从容自在，也许更多的是疲惫。

那些情节相似的噩梦纠缠了我很久，就像梦里摆脱不掉的不敢回头去看的鬼怪。是那个秋天的夜，是那个秋天的晨，在我看到那条与众不同的鱼后，就再没有了被恐怖追赶的梦。那时风清月明，在大草甸上干了一天活儿的我们，早早进了草窝棚想倒头就睡。当鼾声四起，却忽然没了睡意，而疲累却清晰地印在每一块肌肉上。有极细的一缕月光从窝棚顶上的缝隙钻进来，索性起身走出去，空荡荡的天地间只有蛙声如潮。爬上高高的大坝，此刻的松花江是那么平静，没有一缕风的足痕。我看见一尾一尺多长的鱼，将半个身子露出水面，划破月光，莹莹闪烁着逆流而上。

而我也在逆流而上，觉得双脚不再是自己的，有那么一刻，我盯着来回切换的双脚，感觉是那样陌生。环形的跑道有始无终，一千米怎么会如此漫长？其实我体育很好，在一些需要爆发力的项目上甚至是极优秀的，百米、一百一十米栏、跳高、跳远，都是强项，耐力却不足，区区一千米测试，我却失败了多次。咬牙继续，所有的声音都飘忽着遥远，只有心跳和足音在一起轰鸣着。忽然看到跑道旁的人都冲着我说什么，更是有人跑过来拦下我，好一会儿才明白，早已跑过了终点，看了成绩，三分四十秒，竟然是优异！

那尾鱼在我的目光中，在月光中，渐渐地消失于远方。可我就那么看着，期待它的身影再次生动我满心的荒芜。我坐在高高的大坝上，一直坐到月光淡去，坐到东方漫涌的霞光淹没了人间。天地间起了风，江里起了浪，这个时候，我又看到了那尾鱼。我也知道，它并不是昨夜月光下的那一条，可我宁愿相信是，因为有着同样的身姿,同样的执着。它更欢快了,在初起的浪里钻来钻去,就像迎风奔跑的少年。坐在朝阳里,浪花打湿了我的眼睛,西边来的风告诉我校园的消息,才发现,校园就是我的江、我的海,我想成为那尾鱼,在夜里,在清晨,在每一天,逆流而上。

我在跑道上依然慢慢地走着,疲惫与疼痛渐渐沉入脚下的大地。汗透重衫啊,我觉得我真的成了那尾鱼,每一滴汗都是一片海,每一次心跳都是一重浪。也许努力的日子平淡如水,我也会于平淡中让内心风起浪涌。奔跑才会有风,畅游才会有浪,足音里生长的世界和心情,都如那个崭新的清晨。

想起江畔的那个月夜,那尾鱼不时地跃出水面,一小朵浪花漾起,然后它欢快地落进浪花里。静静的水面栖着一层月光,此刻都被涟漪揉碎成一种心动。多快乐而积极的一尾鱼,没有浪,就自己制造出浪,在只属于它的风里自由飞翔。

# 那一天是唯一一天

现在经常想起儿时一种叫"摸瞎子"的游戏，就是把其中一个人的眼睛蒙上，让他寻找并摸到每个人躲在哪里。并不是怀念童年的情趣，而是在回味那种看不到一切的感受。依然能记得当时心里充满着怎样的不适应，脚步慢慢蹚着向前，怕被什么绊到，两手在身前不停地划拉，怕撞到什么东西。因为还要找到隐藏的伙伴们，更要屏息凝神地辨听各种声音。

现在想来，虽只是游戏中的短短片刻，那种感受却能绵延这么多年。而那些一直都生活在黑暗里的盲人，该是经历了多少磕磕碰碰，经历了多少内心的失落，才能在这个看不见的世间行走生活，并让梦生生不息，让笑容在脸上长开不败。我曾给我的学员们布置作业：一个是在家里闭目半小时，来体验盲人的生活，这半小时要正常活动；另一个是尝试在某一天不说话，一句也不能说；还有一个是让休息右手一天，所有事情都用左手来完成。体验过后，根据自己的感想、感受来写文章。

文章交上来后，每个人都有着自己的思索和领悟，各种角度都有。虽然都知道残疾人生活并不容易，可那也只是我们的一种表面感受而已。当自己亲身经历了，才会更深刻地了解个中滋味，同时会明白先前的同情是多么肤浅，而再面对那些人，我们的心理就会完全不同了。

其实我让大家尝试这些状态，想法是来源于很多年前在杂志上看到的一篇文章，叫《毕姆小姐的学校》。毕姆小姐建了一所私立小学，除了很多与众不同的教学理念与方法之外，更让人动容的是，学校里所有的孩子在每个学期当中，都要过一个盲日、一个瘸日、一个聋日、一个残疾日和一个哑日。当然，过这些特殊的日子时，别的同学可以给予他们帮助。所以一进入毕姆小姐的校园，就会看到一些特别的身影，或被紧蒙着双眼，或一条腿被绑起，等等。可以想象，当那些孩子在经历过那五个特别的日子、特别的感受后，除了学会珍惜，更重要的是会懂得如何去尊重和爱。

毕姆学校毕业的学生，走上社会之后，不管是辉煌也好，平凡也罢，都有着一颗悲悯之心，有着一种深沉的爱。他们回忆说，每一学期中散落的那五天，真的是让他们铭记终生。那一天是唯一的一天，即使以后再重复那几个特别的日子，也没有第一次时的震撼与感动。那是刻在生命中不灭的印痕，无论在怎样的境遇中，都永远涌动着清澈的温暖和力量。

我经历过那一天，并不是故意的，而是真实的。小时候生病打针，被村里医生扎到了坐骨神经上，几个月不能走路，当时不少人因此瘫痪或者腿瘸，所以我还是幸运的，最终恢复了正常。

我早忘了那几个月里漫长的每一天我是怎样的心情状态，只记得第一天的恐惧与绝望，一想到很有可能再无法自由地跑跳，便觉得世界失去了太阳。然后极度后悔以前没有更多地在阳光下奔跑，去想去的地方。可能也正因为有了第一天的这种感受，后来在我好了之后，才会体会到一种从未有过的幸福，而且，再见到那些走路困难的人，心里都会有一种理解和尊重敬佩。

所以那一天是我唯一的一天，在那一天之后，我不但会珍惜自己拥有的，更会体谅他人的一切。这是一种大爱，由内及外，由己及人。因此多体会人生的不完美，内心才会更完美，我们眼中的世界才会更完美。虽然我们已不再是儿童、少年，虽然在世事的变迁里我们的心已起了茧，可是去体会一天别人的生活，或许我们眼中的世界就不一样了。

# 清心方可倾心

每个人的心里都会生长各种欲望，这是很正常的事，没人可以清除所有的欲望。而且，欲望也是分好坏的，或者说，分为正常和非正常的，我们要做的，无非是铲除和扼制非正常的欲望。可是很多时候，那些欲望，却是越想摒除，就越是生生不息。

我上学时的一个老师，曾经指着校园北墙下的大片空地，问我们，怎样才能去除那里的臭味。那里原来是学校的垃圾场，曾存在了几十年，虽然去年的时候已经被清理干净，可是难闻的味道似已深入土壤，经年不散。我们想出来各种办法，比如垫上一层石灰，或者深挖掉一层土再填上别处的土，或者天天往地面洒香水和消毒液，等等。老师耐心地带着我们把这些方法一一施行，却无一例外地失败。那种气味根深蒂固，已经与土地融为一体。

最后，老师用到了他的方法，他买了许多不同的花种或者花苗，我们忙忙碌碌地栽种，每天浇水。过了一段时间以后，这里已经成了花的湖泊，南风徐来，芬芳的涟漪层层叠叠，再也闻不到难闻的气味。老师意味深长地说:"你们看,很简单,去除臭味,用有生命力的花香就行了。"

很多欲望就是生命中无形的垃圾,看似很难清理,其实,只需要一些热爱的种子就可以了。当它们破土而出,当它们开出花朵,那些欲望自然被分解消融。

热爱是一种倾心,无杂质,甚至无目的,单纯清澈,却能让心更简单纯净,更能润染自己的生命。

倾心不易,清心更难。平凡的生活中,各种琐碎填满生活的空隙,纷繁芜杂着每一天的际遇。漫天风雨,一地鸡毛,似乎已经没有生长热爱的空间。有时候很想清除那些芜杂,却于缺少动力中无能为力,所以只能于无奈中喟叹。

看过一个类似的故事。老教授问学生,怎样去除那片大地上的杂草。于是手拔锄铲,用除草剂,折腾之后才发现低估了野草的生命力,总是在一场雨后,它们纷纷从地里拱出来。后来,他们在那块地里种上了庄稼,如此一来,杂草明显减少,而且他们经常去锄地,田地间干干净净,庄稼蓬勃茂盛。

其实并不是庄稼挤跑了杂草,而是种下庄稼后,人们为了让庄稼长得更好,为了秋天收获更多,就必须勤锄草。

当我们被生活的烦琐淹没,当我们的心被琐事填满,却又无法清理掉那些繁杂的时候,不妨在生命里种下一些"庄稼"。之所以我们一直被繁芜桎梏,被一些细枝末节困囿,是因为我们任由生活荒芜,没有用一些庄稼去占领厚重的土壤。那些庄稼,可以是美好的梦想、简单的目标、朴素的愿望,从而会生发出生命中的许多不期而然的美。更重要的是,有了一种动力和期待后,就会积极去铲除那些杂草，生命自然会于清净中蓬勃。

　　所以，在生命的空地上播种芳香，在心田里种满庄稼，便可抵制诱惑与欲望，冲破烦恼的牢笼，怡然而欢喜。

# 它们懂得的，我不懂

## 1

很多时候，鸟已唱出了它们的秘密，我却听不懂。我听懂的，只是它们歌声里的欢快喜悦，就像这个春天的阳光，有一种入心的生机。春天的鸟是幸福的，我在它们的歌声里听到了幸福，却不知它们为什么幸福，这常让我忧思且无奈。可是树懂得，风也懂得，所以树是那么欣欣然，风是那么清澈地长长地流淌。

我总是靠着欣然的树，在来来往往的风里，收集那些飘荡的鸟鸣，任阳光丝丝缕缕、点点滴滴地从繁密的枝叶间落在我的肩上、发上。日子久了，心情就像不经意的青苔，悄悄地却又像忽然之间就拥挤热闹起来。可是更多的时候，拥挤着的、热闹着的并不全是繁盛，而总会成为一种热烈的荒芜和荒凉。仿佛全无来由，庸人自扰，想得多了，思绪就不受控制地无边无际地漫流，就像一场洪水过后，连本来清晰的都漫漶了。

可是折断目光容易，堵住思绪却艰难。我不去听鸟的歌声，可它们依然在不知疲倦地唱。不知是从哪一天的哪一刻开始释然，于是风清水静、云白月明，即使听子规的"不如归去"，也不再有烦恼。至少，我能懂鸟是幸福快乐的，这就够了。

## 2

那一条条蚯蚓总被我们从黑暗的厚重中带到阳光下，它们沾着泥土蜿蜒着爬过我的童年和少年。不只是那些被我们称为曲蛇的蚯蚓，所有在大地上忙碌的虫子，都曾给过我困惑：它们每天忙忙碌碌，是为了什么？虽然后来从课本中知道，它们是为了觅食，可这并不能使我信服。那么小的虫子，每天吃得极少，并不需要不停地游走奔忙。所以，我懂得它们的辛劳，却不懂它们为什么辛劳。

多年以后，当我在这个世间奔波劳碌，无眠的夜里，会想起童年时的那些虫子。不只是我，太多的人，每天的奔忙真的只是为了一日三餐吗？有人会固执地认为，为生而活，为吃饱穿暖，那只是最低要求，他们辛劳是为了更高层次的东西，比如梦想。或许是吧，可是我知道，许多人是分不清梦想和欲望的，当欲望披着梦想的外衣，会让多少人无怨无悔地沉沦。我更知道，大地上的那些虫子是没有梦想的吧，那么，它们每天爬来爬去到底是为了什么？

我很愿意相信，虫子们只是单纯地行动，或者是在生活，对，就是生活，看似忙碌实则悠然，亲近每一粒尘埃，在每一片草叶上留下足迹。它们的快乐简单，幸福简单，就连欲望都是简单的。可能这都是我的想象，可我能够想到这些，也是一种值得、一种领悟。

## 3

"身如巢燕年年客。"当我离开故乡辗转多年，没有归途，也没有归期，就更羡慕那些燕子，也更不懂它们了。我不懂它们为什么秋去春来，为什么一生都要云路迢迢地往返。虽然知道天冷了，它们要去南方温暖处过冬，可是春天来了，它们为什么还要回来呢？为什么不在那个冬天不冷的地方生活一辈子呢？后来看了许多相关的解释，也多是一些推想，比如燕子们回到北方是为了繁殖后代。那么，最早的那批燕子又是怎么开始这种漫长的迁徙的呢？可能燕子也不懂得，只不过它们的生命中世代有着这样的烙印。

其实我羡慕的是，无论南北，它们都是回家。而我们一走出家乡，便永远回不去了，即使归去，也不再是曾经的家乡。燕子没有他乡，只有归途。我虽不懂它们，但我知道，它们并不是机械地来去、麻木地往返，它们也是有着一种期盼、一种欢欣的吧。没有人类的复杂思想和诸多欲望，它们的内心简单而清澈。相比于燕子以及其他候鸟，我们的奔波，就充满了疲惫。

至今我仍是不懂燕子的匆匆，却也在时光里匆匆着。我想，我把自己奔赴的梦想也当成家乡，也许就会少一些疲惫，多一些期待。

## 我能给你翅膀,但给不了你天空

小学的时候,老师给我们讲过一个童话。

故事里说,鸟妈妈喂养着几只幼鸟,教它们飞翔和捕虫。有一只最小的幼鸟虽然和别的哥哥姐姐一样用心学习,虽然也学得特别好,可别的幼鸟飞出森林、飞向广阔天空的时候,它却不为所动,只在附近的林间活动。这里既不乏飞虫也没啥危险,当别的幼鸟笑它的时候,它却觉得自己很惬意。渐渐地,它们都长大了,即将离开妈妈飞向自己的世界,离开前,它们问妈妈:"为什么最小的弟弟不愿意飞走呢?"鸟妈妈想了想说:"我能给你们翅膀,但给不了你们天空。"

当时听故事的我们,还是村庄里顽皮的野孩子,上学对我们来说,只是每天不得不做的一件事。父母让我们上学的目的也很简单,就是可以识得几个字,将来不是"睁眼瞎"。也许因为祖祖辈辈的人都在这片土地上春种秋收,所以我们没有什么别的想法,就是抓紧时间玩,因为念完小学后,一般就要告别童年,开始和大人一起在田间劳作了。所以老师讲的故事，我们并没有听懂，即使老师说，我们要努力跳出这种生活，去追求更大的世界，我们依然觉得那是遥不可及的天方夜谭。我们都傻傻地笑，老师却无奈地叹息。

我是读了初中以后，才明白老师说的，因为那时我才真正有了自己的愿望。小学老师说的"天空"，指的是梦想。没有梦想，就算学了再多的知识，也是徒然。就像那只有着强壮翅膀的鸟，不想飞上天空，那它只能在幽暗的森林里终老一生。

大学的时候，有个非专业课老师，和我们聊天的时候，也说过类似的话。

当时，我们所有同学都围着他说话，最里面一圈的都是平时学习好的，无论专业课还是非专业课。像我们这种学得一般的，或者学得不好的，都在外围，其实我们并不想和老师聊天，只是想着给老师留下个好印象，以期在考试中他能高抬贵手，不抓我们补考。老师看了看后面的我们，说："我大学时学习并不优秀，甚至处于下游。而且我也很不提倡在大学里还像高中时那样拼命学习，因为大学的各种知识，你们只要拿出高中时十分之一的精力就已经足够学会。你们更需要做的，是去了解社会、适应社会，是去锻炼在社会上行走的各种能力。我当年的大学同学，那几个学得特别好的，走上社会后大多不如意，这样的现象很普遍，却很少有人去思考。"最后，他很有感触地说："知识是你们的翅膀，可是有翅膀也要有天空才行，我们能给你们翅膀，可是怎么去飞，却是需要你们自己去寻找、去拥有！"

石破天惊的一番话，让我们都愣住了，并陷入沉思。那个年代，何曾听过这样的言论呢？我不知道老师的话，在多少人心里开启了一扇不一样的门，而我心里，却因之风起云涌。想起小学老师讲的童话，对比大学老师所发的感慨，我明白，大学老师所说的"天空"，指的是能力。有知识，并有能力，才能于尘世的天风海雨中自在去飞。

我们经常会觉得，只要努力学习，执着拼搏，勤修己翼，还怕不能一飞冲天吗？其实，翅膀固然重要，固然能让你飞，可是怎么去飞、飞向哪里更重要。否则，就算你翅膀再强壮，力量再强大，就算你飞得很高，飞得很远，可依旧没有一片天空是你自己的。怎么去飞，是能力；飞向哪里，是梦想。

翅膀不是天空，拥有了翅膀，并拥有了天空，才拥有了生命的精彩。

# 已从花下别，又向花间逢

我对蜜蜂又爱又恨。恨它，自然是因为被它蜇过；爱它，就有些复杂了。

它们每年似乎都出现得很突然，春暖的时候，只是零星几只，而当南园里一些果蔬开花之后，它们一下子大批出现，拥拥攘攘在花间忙碌。苍蝇也是如此，我总认为它们会有一个从小到大的过程，可是每年春天它们刚出现，就都已经是大个儿的成虫了，直让我怀疑苍蝇和蜜蜂都躲在某处过冬，所以天气一暖，立刻都纷纷飞来。

起初讨厌蜜蜂，是因为它们长得像苍蝇，只不过蜜蜂比苍蝇的衣服鲜艳一些。渐渐觉得，它们远没有苍蝇讨厌。它们并不会像苍蝇那样成群结队地"升堂入室"，也不会在我午睡时肆无忌惮地落在身上、脸上，在我耳边吵嚷，挥之不去；它们不会像苍蝇那样专往肮脏的地方去觅食，然后飞进屋四处栖落。蜜蜂们只流连于花间，如阳光一样干净，于是对它们的好感就同那些花一样慢慢绽放。那时从小学课本中看到,人们赞美蜜蜂,说它们勤劳,其实我对这些赞美很不以为然,甚至有些厌烦。因为我发现,被人们赞美的动物,不是被人们吃掉,就是为人们干活儿。像蜜蜂,被人们赞美勤劳,可它们辛苦酿的蜜,却成了人们的食物。幸好,我没吃过蜂蜜,否则看到蜜蜂,我不知会是一种什么心情。

于是有一阵子我很喜欢看蜜蜂,看它们从黄瓜花飞向倭瓜花,从我家园子飞向邻家园子。飞走了也没关系,还有更多的蜜蜂飞向花间,与我的目光相遇。我和它们一样,流连于花间,不知疲倦。母亲放在窗台上的月季开了,在风里招招摇摇。母亲的花养得好,很大原因可能是源自花盆。花盆是母亲用草甸子上的塔头墩子抠雕而成的,塔头墩子是村南大草甸遥远处类似于湿地里的一种土,各种苔、各种草年年反复生长,那些草的根须就在泥土里纠缠往复,年深日久就形成了这种独特的东西。正因为用它做的花盆带着大自然的气息,养的花自然很蓬勃。

蓬勃的月季花吸引来了一只蜜蜂,它伏在花蕊上,仿佛在啜饮花朵杯盏里盛着的阳光,那么忘情,就连我的靠近都没能惊动它。我悄悄伸出两根手指,慢慢地伸向花瓣背后。其实我并不想捉住它,只是想把花瓣合拢,看看把它困在花的牢笼里会怎样。花瓣顺利被我捏拢,蜜蜂也顺利被困住,正得意时,指尖忽然传来剧痛,急忙甩脱手,蜜蜂展翅而去。这是我第一次被蜜蜂蜇,终于体会了伙伴们被蜂蜇时的痛苦。右手食指尖极为疼痛,那种疼不但尖锐而且巨大,更不敢去触碰去揉,而且迅速地肿起很大的一个包。于是赶紧抹白糖来缓解,好几天才恢复。于是就有些恨蜜蜂,也不再去观察它们,任它们在南园里自由栖飞。

听姐姐说，蜜蜂蜇了人之后，自己过不长时间也会死去。于是淡去了恨，转而可怜那只蜜蜂，同时也很后悔。就去南园里寻找，多想看到那只蜜蜂安然无恙，可每一只都似曾相识，都似是而非。此时看这些忙碌的精灵，就有了不一样的感受，它们真的只是忙着采蜜，从不主动攻击人，可只要被迫自卫一次，就会付出生命的代价。

有一次在野外，看到野花上停着一只蜜蜂，翅上栖着阳光和风，忽然想蜜蜂住在哪里，是不是像马蜂一样有个大大的蜂窝呢？于是开始了跟踪，只是没跟着它走多远，它就一头扎进草丛里，遍寻不见。不放弃，换一只继续，结果那只蜜蜂慢悠悠地飞，偶尔落到某朵野花上，跟了许久，才想到这家伙可能不回家。那一个下午，我都在奔来跑去，终于跟着一只蜜蜂来到一个陡坡下，我眼看着它钻进了一条缝隙里。我爬上去，眯着眼向土缝里看，漆黑一片，感觉幽深无比。也许这就是它的家了，我在那儿一直等到太阳落山，不见它出来，也不见它的家人归来。走的时候，也并没什么遗憾，反正明天还会和它们在花间再见。

可遗憾终究还是来了，我们搬走了，告别了情深的故园和眷恋的村庄，在那个花开的春与夏的缝隙里。离开时，南园里的果蔬还没开花，我却看见一只蜜蜂在风里寻觅。我明知道那不是去年的某一只，却依然愿意相信它就是似曾相识的那一只，在与我告别。

年华如烟消散，记忆却清晰如云影。看到樱桃花上的蜜蜂，恍然间觉得是与四十年前的那些身影相逢，可我知道，那不是它们，就像我心里重逢的那些往事，也不再如过去真实。

# 拥挤的雨

昨天响了很久的雷，可是落下来的雨并不大，细细密密，每一丝都牵扯着心底的扰攘。也许这就是春雨的特点，总是沾染着一种莫名的愁绪，让人感受到光阴的易逝。我倚在窗前，俯瞰那条长街，偶尔有车辆冲开一路的雨，不知要去向哪里。一个撑着伞的小小身影，露出大大的书包，伞面挤开雨幕，艰难前行。而几个没伞的人，正飞快地奔跑，不知撞翻了多少雨滴。

小小的窗口，雨的世界，不一样的人间百态。在一场雨的邂逅里，我看到了另一种奔忙。仰头去看，分明感受到雨的无边无际，却看不清每一滴。想起以前思考过的一个问题，为什么那么多的雨滴，在空中却不会相遇相撞。后来也查了相关的解释，说是所有雨滴的运动速度、方向以及所受外力等都大体相同，所以雨滴和雨滴在空中相撞的概率并不大。虽然雨看起来这么密集，其实它们并不拥挤。可是，奔同一目标而去的那么多人，为什么在途中会拥挤甚至倾轧呢？因为人无法像雨滴一样，雨滴扑向大地，并不争先恐后，并没有竞争，到了终点汇集在一起，于是所有的雨滴都化作一种滋润。人终是和雨不同，所有的雨终会落入大地，但并不是所有的人都能抵达目标，甚至只有极少数的人都会到达终点，所以，那条路上必然存在着数不清的争斗。

伸出手，接了几滴雨，它们在我的掌心化成一抹清凉。雨是如此清澈，又是如此匆忙。每一滴雨奔跑的路程都那么短暂，它们没时间钩心斗角，而且，它们澄净的心中更没有欲望。是不是当我们的心也能于奔跑中纯净成一滴雨，才会更从容地奔向那片海？一生看似漫长，其实迅若朝露，并不比一滴雨的行程要长，可我们却总是在心里扰攘着太多的琐碎。

英国浪漫主义诗人布莱克曾写过："辛勤的蜜蜂，永远没有时间悲哀。"唯辛勤可以专注，可以忘记许多烦扰。那是一种忘我的境界，可以使我们于不知不觉中走得更快，且不会拥挤他人。就像那些雨，看似拥挤，实则都有着各自的路。而很多人，彼此冷漠得如隔银河，可心却一直在不停地交锋。雨和雨并不纠缠，人与人却于纠缠中漫长了那条路，也蹉跎了许多的心情。

再看窗外的雨，竟看出了几分悠然。也许雨滴们并不匆忙，它们疾速落下，虽短暂，却阅尽天地万物。而我们有时候走得很慢，看似闲适，实则是因为沉重。所以就算抵达了目标，也只是短暂的快乐，有可能更多的是失落，竟想不起途中有着怎样的风景。过程本身是一种结果，或者说，过程至少是结果的一部分，不辜负长路，不忘记远方，这样也许才是真正的圆满。

于是再去细看雨中的那些人，发现，也并不全是奔忙。那个扫大街的大婶，正倚在墙角避雨，怡然地看雨和雨中万物。还有几个孩子在追逐打闹，任雨淋在身上，很亲切，仿佛是我童年的掠影。有个骑自行车的年轻人，慢悠悠地，任雨轻拥，还吹着口哨。我猜想他起初没来得及避雨，肯定也是着急甚至生气，直到被雨淋透，反而轻松起来。只有快乐地被雨淋过，才是真的懂了一场雨。还有那几个之前在街角下棋的老人，此刻在一个檐下，默默地看着街上出神。他们曾经的梦都已经完成了吧，眼前的雨也许唤起了许多的回忆。

每一滴雨里都藏着一片海啊，就像每一颗心里都藏着一个只属于自己的世界。我们要和雨一样，路过这个人间，撷一缕清澈的海声。所以，且停下来，掸掸衣上旧尘，在一场刚刚启程的雨里。

# 永不落幕的灿烂

忽然从一个噩梦中挣脱出来，天已蒙蒙放亮，窗外那棵高高的树，每一个细节都纤毫毕现。时间显示是凌晨三点半，真是好早的早晨，可以想象外面的风是怎样的静与凉，空气中又是流动着怎样的清新与怡然。

转头间，看见对面的房间里溢满了粉红的光，便起身去看。红红的光从窗子涌进来，倚窗而望，东北方向是旷野，一条长长的红亮亮的天光横贴在地平线上，正中间的地方金光耀眼，霞光漫流在大地上，也在我眼中心底一层层地涂抹。看手机上天气预报显示，五月末的今天，日出时间是三点四十九分。还有十几分钟，太阳就要升起，我的心也萌动着一种喜悦，仿佛有什么美好也要破土而出。

有多少年没有看过日出了？想来有近三十年了吧！因为在小兴安岭的二十多年里，即使起得再早，也与日出无缘，因为层层叠叠的山折断了遥望的目光，在山里是看不到地平线的，于是也就少了许多关于远方的想象。儿时生活在松嫩大平原上的村庄，村畔有细细的河，村南几公里外，就是日夜东流的松花江。那时四望都是地平线，每个方向都是向往的远方。也经常被那只威武的公鸡早早唤醒，索性坐在墙头上，晃悠着双腿，看太阳慢慢地从东边的地平线上拱出来。那时的心里，有着那么多清澈而悠远的憧憬。虽然向往远方，却一直以为我会像祖祖辈辈的人一样，在这个村庄里终老一生，伴鸡犬之声，伴四时风月。从没想到，有一天会走得那么久那么远，竟再也回不到曾经。

就像此刻快要升起的太阳，依然是童年的那一个，而我，再不是心里充满希望的少年。东北方地平线那里，有一个点越来越金、越来越亮，我的目光跨越了整个黎明，我知道我的眼睛被朝霞、被回忆染红了。几乎是转瞬之间，就在某个刹那，一个金点从大地尽头生长出来，空荡荡的天地间仿佛多了些什么，应该是一种生机、一种希望，于是一切都不一样了。我穷尽所有华丽的语言，也无法将此刻的美展现万一，只有默默地凝望，凝望一个伟大的过程。

我曾经也有过这样一次凝望的经历。那是少年时的某个春天，我走在黎明前的黑暗里，走在庄稼初生的大地上，看不见的小河在悄悄流淌，看不见的路在轻轻的足音里向远方延伸。心底满是喜悦，要去八里外的公路上等车。一边幻想一边走，夜色越来越浅淡，那种感觉很奇妙，就像一步步从黑夜里走出来，走向一个崭新的清晨。然后东边天际就燃了起来，红彤彤的光洗去了绝大多数的星星。我停下脚步，和那些秧苗、那些树、那些草一起凝望，看着太阳一点点冒出头来，大地、万物，光彩重生。初阳唤出了我的影子，也唤醒了脚下的路，那是我走过的最美好的一段路，就像最美好的年华，永不再来。

在窗后就那样凝望着，看着太阳渐渐饱满，金色褪尽，红红的如我跳动的心。竟不觉间淌下了泪水，我分不清眼泪中蕴含着怎样的心绪，总之各种细微的心情如千丝万缕的阳光，编织出一个斑斓着许多梦想的人间。这一刻我才发现，心里依然丛生着梦想，那些梦想就像童年，就像每天的日出，是永不落幕的灿烂。可是，最深的那个梦，竟是想在那个归不去的村庄里终老一生，伴朝花夕月，伴檐雨帘风。

有梦想就好，生命就会如朝阳一般，行走在灿烂的路上。

# 用目光去暖，用心灵去爱

登临山巅，长风浩荡，大地河流缩小成一幅画卷，极目之际，驰心骋怀，幽思无远不至。因悦目而赏心，眼中有风景，心底才会有愉悦。生锈的目光遇不见能点亮希望的种种，心自然于暗淡中麻木。

长长的路上，我们总是一心向着远方的目标，匆匆的足音让许多擦肩而过的风景失色。懂得珍惜途中所遇，才不会辜负一程又一程的光阴。过程有时比结果更重要，或者说，过程本身就是结果。

心中有爱，才能眼底有光，那束光能照亮黑暗的境遇，能温暖世事的苍凉。心中的希望与热爱生生不息，世界就会生动无比。因赏心而悦目，心是所有美好的起点，当心向着美好启程，所有值得的遇见便依依而来。

一次集会，大家轮流上台展示才艺，各种节目精彩纷呈，只有他坐在那里，微笑一直绽放在脸上。后来有人问他，他说："我不会唱歌跳舞，也不会朗诵弹琴，但我有笑容和掌声。"大家一时都于若有所思中感动且感悟，不自卑，也不嫉妒，只是静静地欣赏，这也是一种人生的境界。就像我喜欢各种乐器，但都不会演奏，可这并不能阻挡我看别人演奏时的痴迷，当美妙的音乐在耳畔流淌，幸福便在心底满溢。

欣赏是一盏动人的灯火，不仅照亮自己，更能温暖他人。有时候，我们需要被欣赏，才会拥有更强大的力量和更灿烂的希望。每个人都有自己的亮点，欣赏的目光会把它点燃成热烈的梦想之火。所以，欣赏不如自己的人，是一种爱；欣赏比自己强的人，是一种胸襟。欣赏更是一座美丽的桥梁，带我们跨越嫉妒之海，联结起每一颗向往的心，相互辉映成一片温暖的星空。

有个朋友，非常热爱文学，他读了很多很多的书，却一个字也不写。问他，他淡然地笑："热爱不一定非要去做，我能读到那么多优秀的作品，就很满足了。"这让我想起自己热爱的音乐和象棋，虽然不会乐器，虽然棋下得很烂，但我能聆听动人之声，能赏精彩之局，那也是一种倾心与无悔。

只有清澈的心才能领略世间万物万事之美，就像溪水潺潺，虽行走着不变的路，却尽纳天光云影。更多的时候，若不能成为一个参与者，就去做一个欣赏者，那也是一种珍重。

# 我想自己建所房子

儿时就喜欢看别人家建房子，从挖地基开始，看得入迷。那时都是土房，各种程序也很复杂，我跑来跑去，目不暇接。特别崇拜那些干活儿的人，觉得神奇而伟大。当崭新的土房顶着金黄的房草在阳光下生辉，我的心里也被映得温暖而明亮。

等搬进了城里，走在街上，路过工地，我也会驻足看上一会儿，想象着一座楼房就这样一点点长高，总有着一种神奇感。虽然并没有因此诞生当建筑家或设计师的梦想，但自己建一个房子的想法却早早地在心底扎了根。在乡下时，家里垒个猪圈、狗窝、鸡舍，我都极有热情，积极参与。和伙伴在一起玩泥的时候，我也经常用泥搭成各种房子院落，甚至年画中的亭台楼阁，虽然那么小，却装下了我所有的想象。

可是，直至中年，依然没能实现自己建一所房子的目标。我也知道，此生基本是没有可能了，可那种想象与渴望却一直不曾消减，反而与日俱增。经常想象，我想要的房子建在哪里好，是山间湖畔，或平原上，或海边，觉得无论建在哪里，都会是梦一般的美好存在。什么样式的呢？是简单的小木屋，是结实的小二楼，或干脆是朴素如童年般的土草房，不管是哪种房子，经我的手一点点建成，就能安放我的生活与生命。

长大后，知道要建一所房子所费之巨，而且选个理想地点，并买下来，就是难于登天的事。如果全是自己动手，所需时日更是不可想象。这些硬性的条件，虽让我望而却步，却不能熄灭心底的那团火。而且，我觉得建房子是快乐的。这也是因为小时候看村人建房子，每个劳动的人都笑着，是那种朴素真实的笑，和汗水一同在脸上流淌。他们说着漫无边际的话，每一句都在快乐的风里回荡。多年后我再没见过那样简单而入心的笑容，再没听过那些憨厚而清澈的笑声。可他们曾经建房子时的笑语，却在我心底落地生根，生长成希望与怀念。

建房子需要空间和时间，可我都没有。我有的，只是想象。后来看网上有不少人发出自己建房子的视频，房子都是两三层的结构，而且设计精美，也是自己一个人事无巨细地亲手去做。更有人说，所有都是自己动手，甚至一些材料也是从山上或哪里寻来的，其实花费不了多少钱。后来有人揭露说，那些多是摆拍，并列出多种细节来说明根本不可能一个人完成。他们只是迎合了像我这种有建房子梦想之人的心理，从而进行了一场看似真实的表演。其实看这些，远不如看一个人在山林里搭个简易木屋更让人感动。

我也曾想过，真正有时间的时候，可以去山林边的湖畔，山水大地林木无主，清风流水明月无价，像梭罗一般，只带着一把斧子，建个月光下梦幻般的小木屋。禽兽为邻，草木为友，风月为伴，一个人静静地看书写作，或在阳光盛开下垂钓，或于星月斑斓的夜里湖中放舟，世间之美莫过于此。可我明明知道，没有无主的山水大地林木，没有不被文明污染的地方，木屋之梦，永远只是一个梦。

去年的时候，去乡下帮一个亲戚干些小活儿，也是垒砖铺路一类，不到半个小时，就已经汗透重衫、口舌生烟，巨大的疲惫紧拥着我。忽然明白，就算具备了所有的条件，可能我也无法自己建成一所房子，就算是每天一点点，可能余生也不能完成。真要实现，还不如在曾经的大草甸里，用高高的草搭一个草窝棚，睡在窝棚里的草堆上，听蛙声如潮，也足可容下我所有的梦。

却也没有什么遗憾，想想这许多年，我已在心底建成了无数所房子，各种风格样式，蕴含着各种憧憬，那已然是一个只属于我的世界，居住着我的灵魂和梦想。

# 图书馆里的老人

一进入图书馆的阅览室,心就会静下来。阅览室里只寥寥不足十人,而且多数是老人,在氤氲的书香里,在透窗而入的阳光里,默默地阅读。

其实每一次来图书馆,都是这样冷清,年轻人越来越少,甚至整天不见一个年轻人来看书。想起上中学的时候,周日我们相约去县城图书馆,阅览室里人极多,根本没地方坐,我们和很多人一样,拿一本书站在那里看得入神且入心。而且多是青年和少年,每一张年轻的脸都写满渴望和满足。虽然人多,但是很安静,只有翻动书页的声音时时响起,就像是扇动翅膀的声音,带着那么多的梦飞向未知的遥远。

多喜欢那时的图书馆啊,那么多人都徜徉在文字的世界里,也无言地给彼此以鼓舞。可如今,曾经心里生长着梦的那些人都去了哪里?虽然不再拥挤,可以任意坐在哪里,却总有着一种沧桑和失落。挑了一本杂志,坐在角落的桌子旁,那些老人就尽收眼底。他们拿着报纸或者打开的书，大多戴着花镜，神情专注，面前都有一个比较古老的笔记本。

有一个老人面对我坐在隔一排桌子的位置，七十多岁的样子，桌上一本打开的书，他没戴花镜，目光很明亮。他看书的时候神情变幻：时而如长风轻抚大地，轻松且惬意；时而凝重无比，仿佛每一个字都沉重如山。看一会儿后，他放下书，皱着眉思索，扑进窗子的阳光栖在他的白发上和皱纹里。在某个瞬间，似乎豁然开朗，赶紧拿起笔在本子上快速地写。那个本子特别厚，看样子已经写了过半。他就这样看看、想想、写写，身畔的时光都泛着涟漪。而我竟是一时忘了看书，其他的老人，也都是大同小异的情态，总是给我一种感动与鼓舞。

我去换书回来，路过对面老人的位置，他正在那边的书架上选书，我慢下脚步，目光在他打开的笔记本上快速扫了一遍。字写得很有功力，每一段内容都不相同。有自己对某种观点的领悟，有待思考的问题，还有摘抄，更有似乎看书触动灵感时写的诗，我没有细看，只觉得这个厚厚的写了一多半的本子，真是一座宝库。上大学的时候，我也曾写满了几本读书笔记，同样的林林总总、零零碎碎。那些本子我还保留着，只是已被时光掩埋，我回去后要挖出来看看，重温旧时情怀。也更加钦佩这些老人，他们把那份情怀一直保持着，所以即使年华向晚，依然充实而真实。

两个月后，已是深秋，我再次去图书馆，阅览室里依旧冷清，没见到那个老人。看了一会儿杂志，临时有事就离开了。刚从楼梯走到一楼，就看到那个老人站在大厅里，挎着一个包，估计里面就是那个笔记本。只是他拄着一支手杖，走路很费劲，看来是病了。他走到楼梯前，向上看了看，三楼的阅览室在他眼中此刻也许如山巅，他试着抬腿想迈上第一级台阶，却终是没能成功。他站在那里，向上看着，目光里流淌着渴望与失落。终于，他叹了一口气，叹息声在空旷的大厅里游走，然后，他慢慢地转身，慢慢地往门口走。

出了门，我看见他依然很慢地往东走，在长长的西风里，如一枚枯萎的叶子。他不时地回头，看一眼图书馆老旧的楼房。我知道他在告别，也许，他再也不能坐在流淌着书香和阳光的安静的阅览室里，惬意地看书做笔记。

我心里忽然涌起一种深沉的悲凉，我们太多的年轻人和中年人，已不知告别图书馆多久了，而且那种告别，都是不经意的，无悲无喜，就像随手丢掉了一件最珍贵的东西而不自知。其实，太多的人，更是告别书很久了，火热的年代和火热的情怀，在生命中一去不返。

可我知道，那个老人的心里，应该是没有遗憾的，哪怕再不能于图书馆里让心徜徉，可他这书香浸染的一生，却永远散发着动人的馨香。

与书同老，谁又能理解这种幸福呢？

# 以终为始

这个词最早出自《黄帝内经》，它的意思也并不复杂，就是做事要先考虑结果再开始，也要先有规划。也就是说不但要先有目标，还要有计划，也就是有过程。这是一个从因到果的过程，只有处理好这些因，才会有预期的果。

细想起来，我们很多人很多事，其实是没有做到以终为始的。有时候，我们并没有一个明确的目标，而是上手就干，从不去想要干成什么样，有着怎样的目标。甚至不需要目标，比如很多工作都是这样，日复一日地埋头苦干，不去想将来，如果非要说一个目标的话，可能很多人会说为了挣钱、为了生存。挣钱与生存并不是目标，干一天活儿挣一天钱，那只是报酬，和工作本身无关。而把工作最后要做到什么程度，有着怎样的发展和目的，那才是目标。没有一个目标，久而久之，必然会从茫然到麻木，直至蹉跎了很多的时光。

再者，以终为始，所说的"终"，这个目标，我们还要考虑后果,就是没有达成目标怎么办?是继续向前直至成功,还是会懊悔当初的选择?想清楚这些再去开始,才会少走错路,才会让内心更坚定,才会不管怎样的结果都能释然。

那么有了目标而没有计划呢?那么就会盲目,就很可能让目标成为空中楼阁。很多事并不是只要去干就行了,如果方向不对,所谓的执着只是在歧路上越走越远。只有想好每一步怎么去走,会遇到怎样的问题,并怎样去解决,才能不偏离方向。也就是说,思考分析加执着苦干,目标才有可能实现。我们更是经常因确立了目标而激动而热血沸腾、豪情万丈,觉得有了目标,剩下的就是坚持走,可往往就半途而废了。因此,不但要坚持走,怎样走更是关键。

这个角度的以终为始,说的是重视过程,会让我们少走歧路和弯路。

当目标与过程都已想好规划好,再有个美好的开始,那才是正确的做法。所有的含泪出发,终会含笑抵达。

其实,抛去"以终为始"的内在意思,我们也许更容易去理解它的表面意思,就算望文生义也能有所启发。以终为始,我们第一次看到这个词,可能会觉得就是"把终点作为起点"。这样的理解也是很美好很有意味的,终点作为起点,是一个新的开始。

终点,意味着一件事已经结束,不管成功或是失败,都已经画上了句号。那么这个时候会怎样?是成功之后万事大吉,不再去想从而一直坐享其成,还是失败之后一蹶不振,于阴影里懊恼抱怨?而把起点定在终点之上,就有了全新的内容。成功了,并不是结束,可以百尺竿头,更进一步,也可以换个方向,另起一行。

阶段性的成功只是一个向更高前进的台阶，实际上并没有一个最终的成功，所以在成功之后，依然不能懈怠，要向更高远处前行，才能抵达人生的高地。

如果经过奋斗，却终没能如愿。这个时候更不应该长久地颓废、丧失斗志，而应该从中总结经验教训，以失败为起点，或重整旗鼓从头再来，或毅然舍弃之前的，重定方向，重立目标。只要心中的希望之火不熄灭，只要不让热血冷却，只要不让豪情消磨，那么就终会走向只属于你的辉煌。

让心先抵达远方，并从心出发，无论走到最后是怎样的结果，都有再度开始的信心与力量，才能笑对天地且无悔。

# 铅笔，铅笔

回忆起关于铅笔的种种，大多却与写字无关。我的童年可以说是铅笔描绘出来的，虽有许多黑白，却深蕴着所有眷恋的色彩。

三年级以前都是用铅笔，不许用钢笔，可是在写字之外，铅笔的作用被我们极大地拓展。当年的女同桌喜欢咬铅笔的一端，写作业思考时咬，听课时也咬，她的铅笔端部齿痕密布，甚至变了形。我们削铅笔都是用那种很小的折叠铅笔刀，多是鸟形或鱼形，经常把笔芯削得既长且尖，如针一般，然后拿出文具盒里的橡皮，不停地扎，当笔尖折断，橡皮上也已千疮百孔，于是继续削。我们把刮下来的石墨粉都收集到一张废纸上，黑黑的一小撮儿，伸出食指蘸一下，在纸上乱按，于是指纹就在黑白间分明。有时也会偷偷往别人脸上抹，看着别人毫不知情地在说笑，就觉开心无比，却不知自己的脸上也早被抹了黑。

当我们那样闹来闹去的时候，看着彼此脸上被铅笔粉抹出的胡须，心底盈满清澈的快乐。那时从没想过，有一天，岁月的铅笔不但会给我们画上胡须,更会描上皱纹。

翻开每个人的书本,都会在空白处看到几个硬币的图案。用铅笔描硬币,是我们乐此不疲的事。将一枚硬币垫在纸下面,然后把铅笔尖放倾斜,来回地摩擦,渐渐地,硬币的轮廓和图案就出来了。把硬币翻个面,继续描。于是,一分、二分和五分的硬币正反面图案,就纷纷盛开在书本上。这时候就会想,如果能像神笔马良那样,画下的这些硬币得买多少根冰棍儿啊!

多年以后回想,我们当初用铅笔拓下的,不只是那些硬币图案,更是一种遥远的心情。可后来,铅笔在我们眼中也只是铅笔,再没了曾经那些用它做各种事的快乐心情。

那时候的铅笔还很古老,甚至笔杆不是木制的,而是中间空的麻秆,我们叫它麻秆铅笔。有时候削着铅笔,就会忽然对笔芯产生浓厚的兴趣,于是会将半截铅笔用铅笔刀费力地剖开,取出笔芯。让挺长的笔芯平躺在纸上,按住转动,于是黑的圆、黑的扇面、黑的大字就出现了。画够了,就百无聊赖地在纸上滚动笔芯,让它碾压着本已面目全非的纸,直到压断为止。

偶然的一次,发现了铅笔的另一个作用。家里的一把锁头锁眼里好像生了锈,钥匙插进去拧不动。父亲拿了我的铅笔,用铅笔刀在笔尖上刮下许多粉末,然后倒进锁眼里,用钥匙插拔、拧动几下之后,锁咔的一声就开了。也许,这是我记忆里,铅笔除了写字之外,唯一可称道的用途。

后来时光飞快,从小学到初中,再搬到城里,再到上高中,铅笔也一直存在于文具盒里,不过也只是数学画图时能用到。它实际上已渐渐淡出我的心情,我熟视而无睹。直到有了那个小小的录音机，有了磁带，铅笔才在我眼中再次绽放了光彩。那时我们都用铅笔转磁带，铅笔正好可以从磁带的小孔中穿过，我们摇着铅笔，磁带就在铅笔上快速旋转。我们并不是在玩，而是在倒磁带，把播放了一半的磁带倒到头或尾。所以那段磁带与港台流行音乐相伴的岁月，那个朴素的青春，依然有着铅笔的影子。

后来的后来，曾经的录音机和磁带渐渐消失在生活里，已成为一种传说。铅笔依然有，就在我的笔筒里沉默着，如那些遥远的日子和情节。那天翻找东西，看到几枚曾经的硬币，心就恍惚了一下。拿起铅笔想再拓一个亲切的图案，却无复儿时的心境，只余满心的回忆、满眼的泪。

多想让回忆也变成一支铅笔，隔着重重的岁月，把童年、少年的种种一一拓在心上，温暖许多苍凉的世事和未知的际遇。